华语实力科幻作品
群星奖大满贯

生死之约

王晋康——著

民主与建设出版社

·北京·

图书在版编目（CIP）数据

生死之约 / 王晋康著 . -- 北京 : 民主与建设出版
社 , 2022.2
　　ISBN 978-7-5139-3807-5

　　Ⅰ. ①生… Ⅱ. ①王… Ⅲ. ①幻想小说－小说集－中
国－当代 Ⅳ. ① I247.7

中国版本图书馆 CIP 数据核字（2022）第 056055 号

生死之约
SHENGSI ZHI YUE

著　　者	王晋康
责任编辑	廖晓莹
封面设计	宋双成
出版发行	民主与建设出版社有限责任公司
电　　话	（010）59417747　59419778
社　　址	北京市海淀区西三环中路 10 号望海楼 E 座 7 层
邮　　编	100142
印　　刷	三河市冠宏印刷装订有限公司
版　　次	2022 年 2 月第 1 版
印　　次	2022 年 5 月第 1 次印刷
开　　本	880mm×1300mm　1/32
印　　张	7.5
字　　数	169 千字
书　　号	ISBN 978-7-5139-3807-5
定　　价	29.80 元

注 : 如有印、装质量问题，请与出版社联系。

《科幻文学群星榜》编委会

总策划：**李继勇**　北京书香文雅图书文化有限公司总经理
主　编：中国科普作家协会科幻专业委员会
总统筹：**韩　松　静　芳**

总 序

想象新时代

"科幻文学群星榜"是由中国科普作家协会科幻专业委员会联合其他科幻组织共同推出的一套科幻书系。这是一个规模庞大的工程，目前来看，也是独一无二的工程，基本囊括了中华人民共和国成立以来老中青几代具有代表性的科幻作家的佳作。这些作家的年龄，最早的是20世纪20年代出生的，最晚的是"90后"。

科幻文学作为一种年轻的文学品类，本身就是现代化的产物。1818年，世界上第一部科幻小说《弗兰肯斯坦》诞生在第一个实现革命的国家——英国。然后，科幻文学在法国、美国、日本等工业化国家繁荣起来，进入蓬勃发展的黄金时代。科幻作品反映着科技时代人类社会的变迁和走向，反思当代人类面临的多重困境，力图打破所谓世界末日的预言，最终描绘出一个五彩斑斓、生机勃勃的新未来。

早在20世纪初，中国的一些有识之士便把科幻作品译介进来，掀起了第一次科幻热潮。它承载起"导中国人群以行进""改变中国人的梦"的使命。20世纪50年代至60年代，随着中国的工业和科技体系的建立，科幻作家们以满腔热情擘画了一个欣欣向荣的新世界。1978年改革开放后，中国再次向现代化进军，科幻迎来新的勃兴。作家们满怀豪情地书写科学技术为实现现代化，为谋求人民的幸福生活所创造出的神奇美景。进入21世纪，随着新时代的来临，这个文学门类也进入成长的新阶段。随着《三体》等作品的问世，中国科幻迎来了新一轮热潮。作家们描绘着古老的中华民族在实现全面小康和建成现代化强国的过程中所面临的新机遇、新挑战，谱写着中国走向世界、步入太阳系舞台中央并参与宇宙演化的新篇章。

科幻文学的发展折射着中国国运的巨大变迁。当今，海内外不同领域的人们对中国的科幻文学的空前关注，实际上是关注中国的未来，关注世界第二大经济体将如何持续演进，关注14亿人的创造力将怎样影响这个星球。从现实意义上来说，这套书系不但包含这些丰富的信息，而且集中梳理了新中国科幻文学取得的辉煌成就，整理出新中国科幻文学发展的广阔脉络；而且从一个特殊的侧面，反映了中华民族从站起来、富起来到强起来的进程，见证着中国走向更加灿烂辉煌的未来。

这套书系具有以下三个特点。

一是权威性。它由中国科普作家协会科幻专业委员会主持编选，并与国内多个科幻文化组织合作，得到了包括中国科普作家协会科学文艺专业委员会、《科幻世界》杂志社、南方科技大学科学与人类想象力研究中心、未来事务管理局、八光分文化、重庆钓鱼城科幻中心等的鼎力相助。编者从中华人民共和国成立以来的海量科幻文学作品中，精选出足以体现时代特征的作品。收入书系的作者，涵盖了雨果奖、银河奖、星云奖、晨星奖、光年奖、未来科幻大师奖、引力奖、水滴奖、冷湖奖、原石奖、坐标奖、星空奖等中外各类科幻大奖的获得者。

二是系统性。它收集了中华人民共和国成立以来不同时期作家的代表作。作者中有新中国科幻奠基者和老一代作家，如郑文光、童恩正、萧建亨、刘兴诗、潘家铮、金涛、程嘉梓、张静等，也有改革开放后崛起的新生代作家，如刘慈欣、王晋康、何夕、韩松、星河、杨鹏、杨平、刘维佳、赵海虹、凌晨、潘海天、万象峰年等，以及以"80后"为主体的更新代作家，如陈楸帆、飞氘、江波、迟卉、宝树、张冉、程婧波、罗隆翔、七月、长铗、梁清散、拉拉、陈茜等，还有在21世纪崛起的全新代作家，如杨晚晴、刘洋、双翅目、石黑曜、王诺诺、孙望路、滕野、阿缺、顾适等，从而构成比较完整而连续的新中国科幻光谱，同时也是对中国科幻文学发展历史的一次系统检阅。

三是丰富性。它比较全面地展现了广域时空中新中国的科幻生态和创作风格。这里面既有科普型的，也有偏重文学意象的；既有以自然科学为主体的"硬"科幻，也有侧重社会现象的"软"科幻；既有代表科幻未来主义的，也有反映科幻现实主义的；既有传统风格的写法，也有实验性质的探索。作品的主题涵盖了中国科技、社会、文化和民生的热点。从中可以看到，一个曾经积弱的民族，如今正活跃在地球内外、大洋上下、宇宙太空、虚拟世界、纳米单元、时间航线、大脑意识等各个空间。这里有中国政府和人民引领抗击全球灾难的描述，有脱贫的中国农民以新姿态迈出太阳系的故事，也有星际飞船和机器人在银河系中奏唱国际歌的传奇。

这套书系力求构建起一个灿烂的星空，并以此映射人们敏感而多样的心灵。爱因斯坦说，想象力比知识更重要。科幻是相伴人类发展进步而产生的新兴事物，是一个民族想象力的集中反映，是科技创新的艺术表达，在人们面前呈现出一幅幅奔向明天、憧憬和创建未来的美好画卷。许许多多杰出的科学家、工程师和企业家在年轻时受科幻文学的熏陶和影响，因此走上了创造神奇新世界的道路。中国正在稳步建设创新型国家，需要更多富有创造力的人才。科幻文学也肩负着实现中国梦的责任，在点燃青少年科学梦想、激发民族想象力和创造力方面，起着不可或缺的作用。

这套书系将为广大读者，尤其是年轻人打开中国科幻和未来世界的门户，有助于人们拓宽视野、开阔思想、激发灵感、探索未知、明达见识。它也将进一步促进中外科幻、科技、文化和文明的交流，为人类的共同发展做出中国的一份独特贡献。

中国科普作家协会科幻专业委员会

2020年10月1日

科幻小说的警世作用

本结集中收录了我的一部科幻小长篇和两部科幻中短篇，都是我比较早期的作品。其中《生死之约》改编于我的短篇《斯芬克斯之谜》，后者发表于上述杂志1996年第7期。

《生死之约》的主题是写"长生不老"。长生不老是人类千百年来最殷切的期望。我想如果现在有一种花费百万元便可长生的药物，一定会有亿万人扑上去抢购。近年来，"科技进步将带来人类长生"已经成了颇为时髦的话题。有一位美国科学家精确地预言"2050年人类实现永生"；一位非常著名的美国科技企业CEO已经在为自己的永生做安排。实际上依我的看法，"永生"永远都是妄想，但"准长生"还是有可能的。暂且假定科技真能带来长生，不知道这些性急的科技精英们是否已经充分考虑了它的负面作用。正如《生死之约》中的诘问：让世界充斥老人真的是人类的福音？如果伟大的牛顿永远活着，他是否会容许爱因斯坦的"狂悖理论"？这代人的长生是否扼杀了后代的生存权利？造物主在进化中选择了生死交替，我们真的比造物主更聪明？

......

基于这些担忧，《生死之约》中才设计了这样锥心的情节：李元龙以自身为试验品实现了长生，却"吝啬"地保守着这个秘密，甚至不与妻子分享。妻子死后他一直坚持独身，直到被邱风的爱情击败，但在邱风生下孩子后他就决绝地自杀了，死后仍牢牢保守着这个秘密……

　　这个有关长生的故事其基调绝不是美丽温馨的，而是近乎残忍的冷静。不过，这种基调并非作者为达到小说效果进行的人为设计，而是"长生"这种未来的真实基调，这种"光明"的科技进步的确拖着一个巨大的阴影。就这点而言，这部小说也起到了科幻小说的警世作用。

　　科幻小说的一项重要社会功能就是警世。科幻作家常常为读者描写101种未来，有光明的，也有比较阴暗的。这101种未来中，确实可能有某一种会变成现实，这是因为，科幻作家在构建未来时，是基于现有的科学体系，基于科学理性和逻辑性，并不是胡说八道。

目 / 录

Catalogue

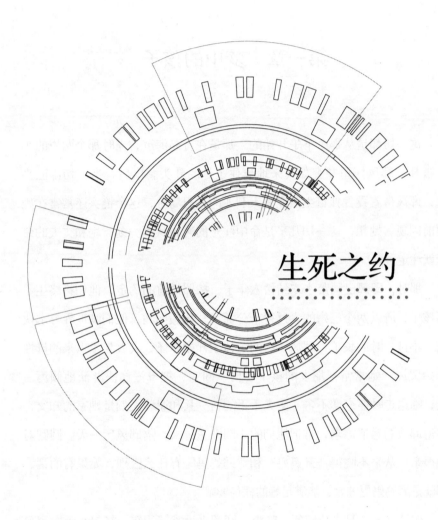

生死之约

第一章　梦中的孩子

　　这一切都是从那个下午开始的，那是在青岛海滨，当时那个两岁的小男孩扑到邱风怀里并突如其来地噙住了她的乳头。事后，当一切都已平息，邱风带着毳毳独自生活在澳大利亚的基思岛时，这个镜头还常常在她面前闪现。她想，这一切几乎是命中注定的啊，从那一刻，她和丈夫的命运就注定了。

　　那时，邱风已同萧水寒结婚六年了，按照婚前的约定，他们将终生不要孩子，所以两个已婚的人过得十分潇洒。休假期间，他们满世界寻求快乐。不过，时间长了，邱风体内的黄体酮开始作怪，女人与生俱来的母性开始哭泣。她常常把朋友的孩子"借"回家，把母爱痛快淋漓地倾泻一天，临送走时还恋恋不舍。丈夫手下的何一兵和谢玲夫妇是她家的知交，知道邱风的感情需求，常把他们的小圆圆送过来，陪邱风玩一天。圆圆对她很亲，从来不晓得"亲妈妈"和"邱妈妈"有什么区别，如果有的话，那就是邱妈妈更宠她，能满足她的任何要求。

　　但这一天总是十分短暂。晚上，圆圆坐上爸爸的车，扬起小手向邱风再见。这时，她会哀怨地看看丈夫，希望丈夫"不要孩子"的决定能松动一下。不过丈夫总是毫无觉察（至少从表面上如此），微笑着把孩子和她的父母送走，关上院门。

偶尔她会在心里怨恨丈夫，怨恨他用什么"前生"的誓言来剥夺今生的乐趣。那可真是一个最奇怪的誓言，是从丈夫虚无缥缈的"前生"中延续下来的。丈夫十分笃信这些——笃信他的"前生"和"前生"所遗留下来的一切。邱风常常对此迷惑不解。要知道，丈夫可不是什么宗教痴迷者，他是高智商的科学家啊，甚至可以说是一个哲人、一个先知，他对一切世事沧桑、世态炎凉、机心权谋，都能洞察幽微，一笑置之。他绝对不该陷在什么"前生前世"的怪圈中啊。

不过，一般说来，邱风能克制自己做母亲的愿望，来信守对丈夫的承诺。在与萧水寒结婚前，她庄严地许下了这个承诺。

2149年夏天，他们乘飞机到青岛避暑。他们住在武汉，别墅就在长江边。武汉的酷暑是有名的，江边的热浪更迫人。所以夫妇两人总会到一些避暑胜地去度夏，中国的青岛、大连、乌鲁木齐，或是澳大利亚的一些城市……一般要等武汉的秋意落下后他们才回家。好在丈夫的天元公司基本上由何一兵管理，而丈夫从6年前起，也就是婚后，就逐渐从公司事务中脱身了。

出租车在狭窄的小巷中穿行，把他们送到崂山脚下。萧水寒向司机指点着："向右，向前，可能是向左吧，对，是向左，前边那个旅店就是了。"

出租车停下来，面前是一个相当简陋的旅店，不起眼的牌子上写着"悦宾旅店"。邱风奇怪地看看丈夫，她倒不是嫌这个旅店简陋，但婚后这么多年，丈夫带她外出时总是住当地最豪华的饭店。今天为什么住到这儿？而且，看丈夫的样子，他对这儿很熟的。

从规模看这是一个家庭式旅店。男主人迎上来，问二位是否要住宿。

　　萧水寒说："是的，要在这儿住一晚上。但我首先想问，这个旅店原来的主人是不是纪作宾先生？"

　　老板很兴奋，连声说："对呀，对呀，先生认得我父亲？"

　　萧水寒没有直接回答，只是问："纪先生还健在吗？算来他该是75岁了。"

　　"还健在，除了腿脚残疾——那是自小得病落下的，身板儿还算硬朗。他就在后边住，要不要喊他过来？"

　　"不，我去看他，我和妻子一块儿去看他。"

　　邱风疑问地看看丈夫。她不认得这位纪先生，也从没听丈夫说过这个名字，但丈夫没有向她做解释。老板领着他们穿过紫藤搭就的甬道，来到后边一幢小楼。一楼客厅中，一个老人坐在轮椅上，白发如雪，脸上皱纹密布，两条腿又细又弯，蜷曲在臀下，明显是先天残疾。老板俯过身去低声告诉父亲，他的两个熟人来访。老人盯着萧水寒，努力回想着。萧水寒走上前同老人握手，笑着说：

　　"纪先生你好呀。你不认得我的，但我们有一个共同的熟人。你还记得琅琊台的孙思远先生吧？"

　　"记得，记得！"老人立即激动起来，他的听力还不错，思维也很清晰，"50年了，50年前孙先生雇人用滑竿把我抬上崂山，别看我住在崂山下，那是我第一次上山……好人啊，与我非亲非故……请问先生你是孙先生的……"

　　萧水寒笑着摇头："不，其实我不认识孙先生，这件事是我在一次宴

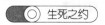

会上无意中听说的。"

从两人的对话中，邱风逐渐理清了怎么回事。这位纪作宾老人是先天残疾，年轻时很穷，开一个小旅店勉强度生。一次孙先生在这儿住宿，偶然听说他住在崂山脚下而从未上过崂山，就不声不响地雇了一个滑竿，抬着他在山上逛了一天。在那之后，孙先生又来这儿住过一次，不过那也是四十几年前的事了。但邱风不明白丈夫与这件事有什么因缘，他是在哪儿听说了这件事？今天赶来又是为了什么？不过丈夫很快回答了这个问题。

他问老人："后来你又上过崂山吗？"

老头儿摇摇头。旅店老板的脸红了，代父亲回答：没有。倒不是因为钱，这些年，他家的经济状况早就改善了。但一向穷忙，这件事没怎么放在心上。他也曾向父亲提过，但老人推托说不去，他也没有认真再劝。

萧水寒笑着说："我今天来这儿是代孙先生还愿的。纪先生，明天我雇一个滑竿，带你到崂山再玩一天，好不好？"

老人望着他，眼眶中突然盈满泪水。他儿子见状忙说："不，咋能让你们破费呢，我去雇人吧。我们早该想到的。爹，你……"

老人挥挥手，断然说："不，就让这位先生出钱。不是200元钱的事，难得的是这份情意，我这一辈子尽遇上好人啊。"

儿子叹口气，不再说话了。他出去找滑竿时，老人拉着萧水寒，急着追问孙思远的情况，可惜萧水寒什么都不知道。他说他与孙先生只是在那次宴会上有一面之缘，后来从未听过他的消息。

老人非常遗憾，叹息着："好人啊，那是个好人啊。我曾托人到琅琊台打听过，说孙先生30年前失踪了，生死不知。这样的好人怎么会失踪呢？这些年我一直在心里为他祈福。我想他一定还活着。老天会护佑好人的。"

滑竿抬着纪老头，一行人沿崂山南线风景区游览。老板没跟来，他要照料旅店，再者老人也不让他来。老人说："我和这两位客人投缘，你别跟去扫了我的兴头。"老板听出老人多少有些赌气的成分，轻轻摇着头，不过还是笑着答应了。

一路上老人很亢奋，很健谈。他充当了一行人的导游，向大家指认了海边的"石老人"。那是一块嶙峋巨石，崛立在海水里，远望去就像是一个驼背老人。石头上有一个透明的孔窍，形成了老人的胳臂和腋窝，确实既神似又形似。随着行程，他又介绍了上清宫的牡丹和下清宫的耐冬，说这就是《聊斋》中化为美女香玉和绛雪的那两株花。他介绍了三官殿的唐榆、三皇殿前的汉柏，还颇为认真地向客人论证秦朝徐福出海求长生不老药，并不是经琅琊下海而是走的崂山："你看咱们南边有一大一小两个岛，那就是徐福下海的地方，现在叫大小福岛，也叫徐福岛。"邱风凑趣说："可惜徐福没求来长生不老药，如果求来，一定是崂山的人最先得利，一个个长生不老。是不是？"

老人掀髯大笑道："那可好，那可好——也不好，要是那样，这儿尽成了秦朝的老不死，咱们这代人往哪儿搁呀。"

这段话倒把邱风弄愣了，待了片刻，她对丈夫说："大伯说得太对啦，从古到今人们只盼着长生不老，就没人想到这一节？"

萧水寒笑道："至少秦始皇肯定想不到这一节的，那是个把天下看成囊中私物的人，只会关心自己的长生，顶多再加上他的子孙，哪会操心天下百姓和后世的人？"

到了崂山头的晒钱石，他们停下来休息。纪老头睹物生情，深深陷入了回忆中。"萧先生，你不知道孙先生那次带我游崂山，对我这一生有多大影响。在那之前，我是活一天算一天，身体有残疾，生活苦，娶不来媳妇，心想老天爷为啥让我这样的人来到世上受罪呢？我整天阴着脸，对顾客也没有好眉眼，那时活着真是折磨自己又折磨别人。后来孙先生来了，非亲非故，就因为听我说生在崂山下却没上过崂山，非要掏钱让我上山玩一趟。关键不在钱，即使我最穷时，凑个一二百块钱也不是凑不来呀。关键是那个心境，是他的爱心。我上山玩一天后真有大彻大悟的感觉。从那天起我活得有滋有味，娶了亲，旅店也红火多了。我一辈子也忘不了孙先生啊。"

他很想问一问萧水寒与孙思远的关系。按常理推度，二人总是有关系的吧，不是"在宴会上听说过"那么简单吧，否则萧先生不会专程跑来为孙先生还愿。但既然萧先生不愿说，总有不愿说的原因，他也不会强人所难。有一点是肯定的，萧先生是和孙先生一样的好人，自己一生中碰到两个这样的好人，是他的福分。

从崂山头，萧氏夫妇就与老人分手了。萧水寒提前付了滑竿钱，交代两个抬夫照顾好老人家，游览完之后一定要把老人送上出租车。老人很激动，不过没有多说话，只说晚上旅店再见吧。滑竿走远了，两人来到试金石湾的海滩上。海浪轻轻拍打着岸边多孔的礁石，白色的游船从地平线上探出头，随海风送来似有似无的音乐。仔细听听，是俄罗斯或者说是苏联的音乐——《莫斯科郊外的晚上》。萧水寒在这儿听到200多年前的歌曲，油然生起怀旧的思绪。但年轻的邱风与这些思绪无缘，她穿着一件红色比基尼泳衣，快乐地趴在沙窝里，两只腿踢腾着，浅黑色的裸背上沾满白色的沙子。萧水寒抱膝坐在沙滩上，眯着眼睛眺望海天连接处，微带伤感，久久沉思不语。今天老人的某些话在他心中激起了涟漪，涟漪在扩大，搅起百年的沉淀。但这些是不能告诉邱风的，她太年轻，不会理解这些。

这时，一个两岁多的孩子摇摇晃晃地闯入了他们的圈子，他的父母远远跟在后边，看来是在训练孩子走路。男孩子虎头虎脑，胳膊像藕节一样白嫩，一脸甜笑，十分可爱。邱风向来是喜欢一切孩子的，当然不会放掉这个机会，她抱起孩子，问他叫什么名字。男孩毫不认生，口齿不清地说：

"我叫蝈蝈，会吱吱叫的蝈蝈。"

"多好的名字。你见过蝈蝈吗？身上有翅，两条长腿，在地上一蹦一蹦的。没见过？来，和阿姨玩好吗？阿姨教你蝈蝈咋样走路。"

"我和阿姨玩。"他想想又补充道，"阿姨漂亮。"

邱风咯咯地笑起来："小马屁精，这么小就会讨好人啦。"

邱风一向对所有孩子都有亲和力，两人很快疯作一团，在沙窝里翻滚厮闹。男孩的父母追到几米外停住了，远远地笑看着。萧水寒踱过去，笑着说："内人最喜欢小孩，由他们去疯吧。你们的蝈蝈真漂亮，真可爱。"

孩子妈自豪地说："是个逗人爱的家伙，就是太淘。先生，你们的小孩多大了？"

萧水寒摇摇头："我们两个还没有孩子。"

孩子妈看看丈夫，没有说什么。邱风仰面躺在沙堆里，高高地举着孩子。孩子可能笑疯了，小便失禁，一股清泉从小鸡鸡那儿呈弧线射出来，几乎浇到邱风嘴里。邱风吃了一惊，手一软，孩子撞在她怀里，无意之间把邱风的泳衣拉脱，露出洁白坚挺的乳房。这个变故让镜头停滞了几秒钟，孩子妈愣了片刻，赶紧跑过来为邱风整理衣服。孩子爸尴尬地站住，把目光转向一边。

闯祸的小家伙可没有耽误时间，立时扑过去捧着乳房，喃喃地说："奶奶，吃奶奶。"

邱风的乳头被他咬住，一种极度的快感从乳头神经向体内迸射。邱风抬头看着丈夫，毫无先兆地，泪水"唰唰"地流下来，来势十分凶猛。她就这么泪眼模糊地看着丈夫，一言不发，倒把孩子吓哭了。

泳衣被拉脱虽然尴尬，终归是个喜剧式的情节，但邱风的眼泪让蝈蝈妈有点不知所措了。她赶忙把孩子从邱风怀里拉出来，责备着："看你，真淘！把阿姨咬疼了不是？"转回头向邱风夫妇解释："蝈蝈摘奶晚，刚摘奶，正馋呢。你看你看……"

蝈蝈哭泣着，不时回过头偷偷看阿姨，小脑瓜里还在纳闷：他并没用力咬啊，阿姨怎么就哭了？阿姨哭得太没道理啊。萧水寒不动声色地抱起孩子，还给他的父母，低声说："没关系，没关系，一时的感情冲动，她太喜欢孩子了，可惜我们……没关系的，你们去吧，我慢慢劝她。"

蝈蝈爸妈抱着孩子走了。他们一直向后瞟着仍在啜泣的邱风，心想这对夫妇肯定有一方没有生育能力。对孩子的盼望造成了那位太太极度的感情饥渴，她的眼泪是一种宣泄。他们很同情，但是无能为力。

萧水寒走过来细心地把妻子的泳衣系好，搂着妻子的肩膀，慢慢把话题扯开。邱风的性格很随和很乐天的，半个小时后就忘掉了感伤，开始有说有笑了。

那天晚上他们回旅馆很晚，没见到那位腿脚残疾的纪先生。第二天早上他们到柜台结账，老板父子都在厅里等着。见到他们，老板抢先说："莫要提宿费的事，莫要提。老爹昨天十分开心，这么多年没见他这么开心了。几个宿费算我的小意思。"

萧水寒笑道："好，恭敬不如从命。谢谢纪先生。"

轮椅上的老人满意地笑了。老板又把话头抢过来："还有，这一包礼物请你们赏光收下。"萧氏夫妇这才看到，旁边有一个硕大的旅行袋，鼓鼓囊囊的。老板压低声音说："千万别推辞，都是老爹吩咐买的，是崂山特产，像海底绿玉、崂山水晶石、崂山茶、鲍鱼、仙胎鱼等。我说这么多东西带着多麻烦，老爷子差点跟我急眼。带上吧，是老头的一点心意啊。"

邱风为难地看看丈夫。这包礼物很值几个钱的，她不愿让这位老人破费。再说他们这次旅行没有带车，带上这大包东西，乘机转车都不方便。萧水寒给妻子使了个眼色，爽快地说："那好，我们带上啦。老人家，谢谢你的礼物。下次再来崂山，咱们还结伴进山。"

纪老头见客人收下礼物，真正高兴了，像小孩子一样眉开眼笑："好，好！咱们还一块儿去。我跟二位特别投缘，见到你们就想起了孙先生。就怕你们下次来时我就去不成了，岁月不饶人啊，不定哪天无常鬼就上门啦。"他的喜悦中露出一丝苍凉。

邱风从来算不上有心事的女孩子，可能是年轻，可能是没有孩子的缘故，婚后六年，她还没有完成从女孩子到妇人的转变。对于她来说，每一天的太阳都是新的，每天都充满乐趣。她十分喜欢孩子，更渴盼着自己生的孩子，但既然这一条无法实现，她也不愿无谓地伤心。对偶然绽出的忧伤她都能自我排解。

但萧水寒发现，从青岛回来后妻子的心情有些不一样，看来这次她受的刺激特别深。她加倍疼爱来做客的圆圆，把圆圆送走后她的眼眶常常会发红，会黯然神伤。这一切她都躲着萧水寒。只要萧水寒一进屋，她就连忙振作精神，或借故躲进卫生间里去。但唯因如此，她的悲伤倒显出了以往所没有的沉重。

在邱风眼里，丈夫似乎早忘了崂山沙滩的一幕。此后的数月中，他闭口不谈此事，言谈举止也没有什么异常。不过，少不更事的邱风看不到丈夫内心的激荡。萧水寒很想满足妻子做母亲的愿望，对于有生育能力的夫妻来说，这是最容易实现的愿望，但萧水寒却难以轻易许诺——这牵涉到一个血淋淋的毒誓，牵涉到他梦魂不忘的前生啊。

夏毕秋至，冬去春来，邱风渐渐抚平了心头的伤口。八个月后的一个晚上，那已是初夏季节了，窗前的石榴树缀满火一样的繁花。邱风浴罢上床，笑嘻嘻地钻进丈夫的怀里，今天是周末，她要同丈夫好好疯一疯呢。丈夫像往常一样搂着她，轻轻抚摸着她光滑的后背，显得宽厚而平静。也许是两人年纪悬殊，也许是性格悬殊，在邱风眼里，萧水寒不光是一个平等的丈夫，还是长兄、慈父、保护人这类角色。她仰起头凝视着丈夫的面庞，那儿的皮肤很光滑，没有皱纹，没有眼袋，头上没有一根白发，没有任何衰老的迹象，根本不像是50岁的人。有时邱风甚至认真怀疑，丈夫在结婚时并没有44岁，他是和自己开了一个大大的玩笑。不过话又说回来，以丈夫性格的恬淡冲和、不带一点烟火气来看，他更像一个历经沧桑的老人。他是一个猜不透的人，是一个矛盾的集合体。她看得痴了，丈夫低头吻她，微笑问道："你在想什么？"

"我？没想什么，我只是在想，你的面容和身体这么年轻，根本不像是50岁的人。"

萧水寒笑着说："我从西王母那儿偷来了驻颜术嘛。"他忽然平静地说："风，我改变主意了，我们要个孩子吧。"

邱风被惊呆了，赤身坐起来，两眼直直地望着丈夫，不敢相信自己的耳朵。丈夫微笑点头。等邱风对此确认无疑时，大滴的泪珠从眼角溢出来。她钻进丈夫的怀里，攀住他的脖颈，哽声道：

"水寒，你不必为我毁誓，我那是一时的软弱，现在已经想开了。真的想开了，你看我最近没有情绪低落吧。再说我们可以抱养一个的。结婚时你说过，我们不能有亲生孩子，但可以抱养的。"

丈夫爽朗地笑道："不，是我自己改变了主意。我何必用什么前生誓言来囚禁自己呢？"

他告诉妻子，他为这个决定思考了8个月，今天的话绝不是心血来潮。

邱风疑惑地问："但你的那个毒誓……"

"忘了它吧，我要彻底忘掉它。"

他的笑容十分明朗，邱风相信了他的话。毕竟，为了什么前生留下的毒誓而糟蹋今生的生活，这本来就太离奇，太不符合丈夫的为人。那一定是某种心理创伤所留下的永久的疤痕。现在丈夫总算拂去了这片心理阴影，这真是一个喜讯。她笑了，带着眼泪笑了。萧水寒疼爱地想：这会儿的妻子真像一枝带泪海棠啊。

他吻掉妻子脸颊上的泪珠，告诉她，为了开始新的生活，也为了忘掉那个梦魂不散的前生，他已决定放弃天元生物工程公司，同妻子，当然还有未来的孩子，一块儿去澳大利亚某个与世隔绝的岛屿定居。他问妻子是否同意。

当他娓娓谈着后半生的安排时，邱风心中已经驱走的沉重又慢慢聚拢来。她这才知道，丈夫为这个看似轻易的决定下了如何的决断，做了多大的牺牲。那个梦魇仍然存在，并不是拂去一片云彩那样轻松啊。她满脸是笑，满脸是泪，说不出话，只是一个劲地点头。

那天晚上他们的做爱十分投入，十分激情。邱风正是受孕期，她从丈夫那儿庄重地接过生命的种子。她永远记得这个晚上。初夏的江边别墅，月明星稀，云淡风轻，落地长窗的薄纱窗帘轻轻卷拂着，天花板悬吊的风铃发出脆亮的撞击，遥远的江笛声从江面上滚过来。

从远古到今天，一个个月白之夜中，容纳了多少恋人的呢喃、夫妻的激情？男女之爱是大自然中最可珍贵的东西，是天人合一的结晶，种族繁衍的律令演化为绚烂的生命之花。做爱的快感、异性之爱、女人的母性，都是这个律令的艺术化。

事毕，她钻进丈夫宽阔的怀里，用手指轻轻数着他的肋骨和脊柱的骨节，低声呢喃着，时不时抬起头来一个长吻。慢慢她疲乏了，呢喃中渐带睡意。后来她伏在丈夫的胸膛上睡着了，睡得十分安心。

萧水寒从妻子颈下悄悄抽出手臂，轻轻披衣下床，走到凉台上。他们的别墅建在半山腰，凉台极为宽阔，夜风无拘无束地在凉台上玩闹，鼓胀着他的睡衣。向下望去，弯弯曲曲的沿江公路上，汽车灯光像无声的抖动的光绳，远处的霓虹灯光缩成模糊的光团。再往远处是黝黑的江面，灯火通明的江轮像精灵一样在虚无中滑过去。夏夜的天空深邃幽蓝，弦月如钩，繁星如豆。他想，这些星星有的距地球数十亿光年之遥，当光线离开自己的星球开始这趟远足时，地球生命可能尚未诞生。所以，星光实际是亿万岁老人的叹息。比起时空无限的宇宙，人生何等短暂。

他破例点着一支香烟。烟头在夜风中明灭不定，映着他阴郁的面孔。妻子还在酣睡，漆黑的长发披散在雪白的睡衣上，裸露着光滑的大腿和玲珑的双足。她梦见了什么，很可能是未来的孩子吧，嘴角抽动一下，一波笑纹从脸上漾过。萧水寒轻轻叹息一声，悄悄回到了床上。那件事他还瞒着少不更事的妻子，可是，他还能瞒多久呢。

邱风是一个像冰花一样纯洁脆弱的姑娘，他不忍心告诉她，那个结局对她太残酷了。可是，终有一天她得面对现实，她不能永远生活在梦幻中啊。

等邱风从梦中笑醒时，丈夫已经沉沉入睡。她一点也不了解丈夫的心事，一门心思地为自己编织着绯红色的梦境。刚才她梦见了自己的孩子，小胖手小胖脚，嘴巴里长出第一颗小狗牙，穿着自己亲手给他（她）做的开裆裤，趴在自己怀里"咕嘟嘟"地咽乳汁。她举着孩子，一股清澈的尿流浇到她脸上……梦境很杂乱，有时不合逻辑，只有温馨之情流淌始终。丈夫睡在冷冷的月光中，眉尖暗锁着淡愁，邱风瞥见了，心中猛一刺疼。她早就知道，生性恬淡的丈夫只是在梦境中才偶尔流露出忧伤烦闷。

看来，睡前宣布的那个决定，对丈夫来说仍是非常沉重啊。她没有惊动丈夫，定定地看着他，带着怜爱，带着仰慕，也带着一些说不清道不明的不安，直到天光破晓。此后，当悲剧如山崩一样砸到她身上时，她恍然想到这个晚上的预感。

第二章　少女与彩虹

邱风是一个娇小漂亮的姑娘，皮肤白皙细腻，翘鼻头，短发，一副洋娃娃面孔。6年前，19岁的邱风进入天元公司当打字员，不久就发疯地爱上了44岁的老板萧水寒。这倒是不必害羞的，这位董事长兼总经理简直是一个理想的白马王子，未婚，容貌不太漂亮但十分"男人"，脸庞棱角分明，宽下巴，浓眉，身材颀长，肩膀宽阔。作为恋人来说他的年龄稍大一些，但他的面容和身形远比44岁年轻。他头发乌黑，皮肤光滑润泽，走路富有弹性。他谦逊和蔼，一派长者之风，又很幽默风趣，闲暇时常随口抖几个机智的笑话，令人喷饭。至于他的才识就更不用说了，他白手创建的天元公司简直是传奇性的，产品使人眼花缭乱。公司生产生物工程材料，这些材料能根据改编过的某种基因指令自动"生长"，比如长成十米高的象牙圆柱（真正的象牙材质，自从这种生物材料开发成功后，再没有人偷猎非洲大象了）；还生产模仿恒温动物的生物空调等，是真正"绿色"的产品，而且很多产品的主设计师正是这位董事长本人。

其实这些皇皇成就并不是邱风爱上他的原因，她是因为另一件很小的事。有一次上班时向楼上搬办公用品，萧水寒从旁边经过，很自然地加进来帮忙。他把大捆的办公用纸轻巧地甩在自己宽阔的肩上，从那一刻起邱风就无可救药地爱上他了！为什么爱他？不知道。邱风只知道，一个不该干体力活的老板，一个44岁的中年人，能这么随意、这么潇洒地把重物甩到肩上，动作是这么美妙，他就值得自己爱恋！

她知道自己的爱情是无望的。萧水寒有不少追求者，其中不乏国色天香的美人，她们的美貌冷艳使自我感觉尚佳的邱风十分泄气；也有不少才女，邱风常在电视上和互联网上看到她们的名字。看着她们在电视镜头前从容自若地侃侃而谈，她总是丧气地想，自己一辈子也做不到这一点吧。她也知道，萧水寒偶尔会同这些美女、才女中的某一位共度周末。但奇怪的是，他没有同其中任何一位建立稳固的关系。他似乎是从奥林匹斯山上走下来的神祇，不会和凡间女子缔结此生之盟。

不过娇小的邱风照样勇敢地把爱情之箭射出去，虽然她的努力中含着只问奋斗不问结果的悲壮。萧水寒察觉到了一个女孩子带着仰视的爱情——有一双美目总是带着灼热偷偷地凝视他。偶然目光对撞，女孩子会立刻满面红晕。她太单纯了，像冰花般晶莹透明。萧水寒很喜欢这个女孩，不过那只是长辈对晚辈的钟爱。他对邱风很大度，很亲切，从来不让小姑娘在他面前自卑，但也从未给她什么奢望。

如果不是那么一次机遇的话。

一个夏天的傍晚，阵雨刚过，邱风下班回家时发现汽车打不着火。她对机械上的事向来是糊里糊涂的，汽车又是一辆廉价的二手富康，常出毛病。于是她站在公司门口等出租车。阵雨赶走了武汉的热浪，空气很清新，夕阳已经接近地平线，凉风顽皮地拍打着她的短裙。邱风住在近郊，和70岁的奶奶住在一起。爸爸去世后，妈妈改嫁了，留下祖孙两人相依为命。这会儿奶奶应该在门口手搭凉棚，担心着孙女的安全吧。一辆红色的出租车开过来，邱风扬手让车停下。正在这时，一辆长车身的黑色H300氢动力豪华汽车无声无息地滑到她身后停下。车窗降下来，是老板萧水寒。他微笑着说：

"上车吧，我送你回家。"

他走下汽车，为邱风打开右边的车门。邱风真没想到自己有这样好的运气！她赶忙朝出租车司机歉然挥挥手，钻到H300车里。萧水寒问清她的地址，驾车驶上公路。

这是她头一次与萧水寒单独相处，邱风很为自己庆幸。她痴痴地、悄悄观察着萧水寒的侧影，看着他坚毅的面部线条、高高的鼻梁、明亮的眸子。平时伶牙俐齿的她变得拙口笨舌，连一句感谢话都说不出口。她想，自己的样子一定是傻透了，糟透了。倒是萧水寒随便闲聊着，问她的工作是否顺心，问她有什么家人，问候她奶奶的身体，把她从窘迫中解救出来。

雨后的景物十分清晰，风中夹着细蒙蒙的雨丝。邱风恢复了平静，和老板聊得很热络。汽车驶上长江大桥时，邱风忽然尖叫一声：

"停车，快停车！"

萧水寒不知发生了什么变故，迅速踩下刹车，高速行驶的汽车吱吱嘎嘎地刹住，斜刺里冲向桥边，在地上拖出一长串胎痕。邱风的脑袋撞在挡风玻璃上，她顾不上疼痛，拉开车门跳下车，兴奋地尖叫着：

"彩虹！你看天上有彩虹！"

原来如此！原来只是为了看彩虹！萧水寒暗自摇头，把车在桥边停好，来到邱风身边。邱风正入迷地仰望着东方，一道半圆形的彩虹悬在天际。那是阿波罗的神弓，赤橙黄绿青蓝紫依次排列，彩虹的边沿与同样晶莹的蔚蓝天空泅在一起，下端隐没在茫茫水色之中。身后，一轮红日正慢慢坠入水中，似乎带着火焰入水的哗哗声。邱风兴高采烈地拍着手，靠在栏杆上，痴迷地看着彩虹。萧水寒抚着她的肩膀，静静地微笑着。

来往车辆中的乘客也都因他们的目光而注意到彩虹，他们大都稍稍放慢车速，在车内指点着，然后疾驶而过。桥头站岗的警察走过来，萧水寒迎上去，低声解释两句。武警笑了，请他们赶紧离开，不要在桥面上逗留，便折回头走了。

背后的太阳渐渐沉落，彩虹慢慢消失，只余下一天绚烂的红霞。萧水寒一直耐心地等着，直到邱风意犹未尽地回到车内。汽车重新开动后，邱风才觉得不安，她不该让老板为她耽误这么久。而且，自己的举止太幼稚，太不成熟，他会笑话自己的。自打有了那个隐秘的愿望后，邱风一直在努力培养自己的成熟，要在萧先生面前表现得像一个成熟的女人，那才配得上她心目中的男人呀。今天的犯傻，可把她的努力全冲销啦。

"对不起，耽误你这么久。"她不安地说，但旋即就把不安忘掉了，"可是我真的太喜欢彩虹了。我这一生只见过三次，太美啦！"她眉开眼笑地说："萧先生，你这一生见的彩虹多吗？是不是在我出生后天上的彩虹变少了？一定是的，我从进幼儿园起就喜欢它，曾和同伴坐在门口傻等彩虹出来，可惜老天爷对我太吝啬了。到今天我才见过三次，三次！"

萧水寒侧脸看看忘形的邱风，听着她孩子气的话语，笑着说："其实我也很喜欢的，尤其是小时候。有一次，放学时看见彩虹，我看得入迷，想弄明白彩虹究竟有没有下半个圆，想看看下半个圆有多大。于是我猛劲儿往山上爬，我想站高一点儿应该能看到被地平线遮住的部分吧。但爬到山顶也没看到下半个彩虹，倒把书包剐破了，回家还挨了一顿揍。那该是100年前的事了。"他喟然叹道。

汽车平稳地行驶着，他双手搭在方向盘上，陷入沉思中。邱风看看他，咯咯地笑道："哟，听你口气像是活了一二百岁似的，其实你没比我大多少，我们肯定算是同龄人。真的，你最多像35岁的人。"她使劲地强调着老板的年轻，一方面是礼貌，也有少半是为了心中那个隐秘的目的。

萧水寒摇摇头，顺着自己的思路说下去："那时，我和你一样喜欢大自然。我喜欢绯红的晚霞、淡紫色的远山、鹅黄色的小草、火红的石榴花，还有洁白的雪、金色的麦浪、深蓝的大海；喜欢荷花上悬停的红色蜻蜓、盘旋升腾的白色鸟群、蓝天上排列的雁阵。我总想，这林林总总、千姿百态、让人心尖颤抖的美，是哪个神灵创造的呢？是单为人类而创造的吗？直到我第一次读到苏东坡的名句，'惟江上之清风，与山间之明月，耳得之而为声，目遇之而成色……是造物者之无尽藏也，而吾与子之所共适'。那时我一下子领会了文章的意境，不禁手舞足蹈，就像你刚才一样忘形。"

邱风脸庞红红地笑了。

"可是不久我从物理课上学到，世上一切绚烂的色彩，其本质不过是光波的不同频率。神奇的彩虹则是因为雨后满天的雾滴对阳光造成折射和反射，它们都毫无神奇可言。告诉你，我那时非常失望。我宁愿生活在苏东坡的时代，用自己的眼睛去感受七彩世界，去体味那些神奇朦胧的美，也不愿用逻辑思维把它裂解成冰冷的物理定律。"

他轻轻地笑起来，接着说道："不过我最终还是牺牲了激情，走上科学研究之路。科学是另一种美，它给人以巨大的理性震撼力。记得20世纪末的一位科幻作家阿瑟·克拉克提出过一条定律：任何充分发展的技术无疑是魔术。这条定理太精辟了，我非常喜欢，不过更喜欢它的逆定律：上帝的任何神奇魔法，说穿了，不过是一种充分发展的技术，人们终将掌握它。比如说彩虹吧，我们只要背对太阳向天空中喷水，马上就能复现造物的神奇。噢，我不该对你说这些乏味的话吧。"他开玩笑地说："少女的绚烂激情是最宝贵的，我不该泼冷水。"

邱风生气地说："我不是什么少女，我已经是大人了！"

这种对"大人身份"的强求显然把萧水寒逗乐了，他开心地笑着。邱风绷着脸，但一会儿就绷不住了，也跟着大笑起来。前边就是邱风家了，一幢二层小楼孤独地立在菜园和庄稼地里。暮色已经沉落，门中泻出的灯光映着邱风奶奶瘦小的身影，她正焦灼地向这边张望。萧水寒停下车，到右边打开车门，招呼邱风出来。邱风喊着"奶奶、奶奶"跑过去，萧水寒也走过去，对邱风奶奶说：

"老人家等急了吧，小风的车坏了，又在长江大桥上耽搁了一会儿。不过这点儿耽搁很值得啊，因为小风看到了她最喜欢的、这辈子才看过三次的彩虹。"他学着邱风的口气说着，忍俊不禁地笑了："老人家，你的孙女真是个快乐女神。"

风奶奶笑成了一朵花，用昏黄的老眼盯着客人。这双老眼也是十分锐利的，一下子就看出孙女对来人的情意。她诚心诚意地留客人用饭，萧水寒婉辞了。临走时他把邱风的小手长久地握在手里。

"今天我很高兴，谢谢你拉我回到那种透明的心境，又领略到大自然的美丽神奇。在我年岁渐大之后，这种心境是难得一见的。真的谢谢你。"他诚恳地说。

"不，应该是我感谢你才对。谢谢你把我送回家，也谢谢你让我看到了彩虹。"

萧水寒爽朗地笑了。与邱风奶奶告别，动作轻捷地钻进汽车。

这段经历拉近了邱风与老板的距离。以后只要两人见面，萧水寒就绽出笑容，用手指指天上，再画一个大大的半圆。女伴们注意到了这一点，问邱风这是什么意思，邱风神秘地说："秘密，这可是个秘密！"

但她慢慢看到其中包含的危险性，如果萧先生一直以这种公开的、嬉笑的方式向她表示亲近，那她的相思就无望了。领会到这一点，与萧水寒的见面就成了一种痛苦。她无法对萧先生的笑脸表示冷淡，又不甘心让两人的关系沿着这条无望的方向发展下去。她该怎么办啊？不过邱风毕竟是幸运的，命运又给她提供了一次机会。

不久，大概是两个星期之后，快下班时，正在工作的邱风接到老板的电话，声调十分急迫："是邱风吗？我是萧水寒，快来，在中央电梯口等我！"邱风一头雾水，急匆匆地去了。萧水寒在电梯里微笑着等她进来，关上电梯门，摁下到顶楼的指示灯。在电梯上升的时间里，他没有对这次突然召见做任何解释。出了电梯，他领邱风上到顶楼，笑道：

"看吧，你最喜欢的东西。"

邱风惊喜地叫道："彩虹！"

又是一条彩虹。天上飘着蒙蒙雨丝，不知道是什么时候开始下的。那道彩虹从闹市区的高楼横跨到龟山蛇山，像是从人间连接天宫的天桥。而且今天的彩虹十分特别，在它的外圈还有一段隐约可见的副虹，与主虹平行，赤橙黄绿青蓝紫的排列次序正与之相反。这种奇景邱风不仅从未见过，甚至没听说过。她忘形地拽住萧水寒的胳臂，欢声道："双虹！你真了不起！一定是你造出的双彩虹，对，一定是的！"

萧水寒哈哈大笑："我怕是没有这个本领吧。真的，连我也是第一次见到这样的双虹。"

"那也是你给我带来的好运气！萧先生，谢谢你，真的谢谢你。你让我在半月内两次看到它，还包括更神奇的双虹。"

萧水寒笑道："好吧，就算是我送你的礼物吧。这可是真正的'借花献佛'了。"

邱风傍着萧水寒，久久地观看彩虹，直到它慢慢消失。她的心中灌满了黄连蜜，在甜味中微微带一些苦涩。萧先生还记着她的兴趣，记着她的偏好，他心里盛着自己啊。她靠着这个壮健的男人，感受到他的强壮和温暖。她觉得，两次共赏彩虹的经历一下子把两人的距离拉近了，这多少也算是天意吧。两人返回时，萧水寒握着她的小手说：

"邱小姐，明天晚上我想请你吃顿便饭，你能赏光吗？"

邱风十分惊喜！她不想假装矜持——那可是女伴们一再嘱咐过的恋爱第一守则，爽快地说："我当然愿意！我早就盼着这一天呢。"

萧水寒开心地笑起来。

第二天是周末。晚上萧水寒带她来到龙凤大厦的顶楼花园。夜色深沉，透明的凉棚上方繁星如豆，凉棚四周垂挂的人工雨帘密密细细，乐声轻柔似有似无。今晚的顶楼花园非常安静，只有五六个衣帽整洁的侍者垂手立在四周，没有其他顾客。邱风不知道是萧水寒包下了整个楼层，她好奇地打量着四周豪华的装饰，轻声问：

"这么豪华的饭店，怎么没有顾客呢？"

萧水寒笑着，没有解释，为她拉开椅子。侍者轻步趋前，沏上热茶，然后仍远远避开，安静地垂手而立。萧水寒隔着桌子把邱风的手握在自己手中，含笑凝视着她，看得她脸庞"发烧"。然后，他轻声说出了一个令邱风吃惊的决定。

"这么美好的夜晚，我不想浪费时间了。我想直截了当地向你求婚，你能答应吗？"

邱风真是惊喜交加啊，这是她朝思暮想的事，但胜利来得太轻易，以致她不敢相信。惊魂稍定后，她忘形地喊道："你怎么选中我呢？"她不平地说："在你身边的天鹅群中，我只是一只土黄色的小麻雀呀。"

萧水寒笑了："我恰恰最喜欢小麻雀。"

"可是我没多少知识，只是一个普通的打字员，你和我可能没有共同语言的。"

萧水寒又笑了，但眼神中有几丝忧伤："我在科学迷宫里的探索太辛苦了，漫长的探索啊……我希望有一个不懂科学的女人陪伴我，那会使我轻松一些。"

"那……"邱风还在寻找不同意的理由。

萧水寒笑道："如果邱小姐不愿屈就，就不要寻找理由了，我可以收回求婚的。"

邱风干脆地说："那可不行！我好不容易才抓获的战利品，哪能再轻易放走？"

萧水寒快意地笑了。他收起笑容，郑重地说："那么，如果邱小姐不介意我的年迈——我的年龄完全可以做你的长辈了——希望你能认真考虑我的求婚。"

"我当然答应！我才不嫌你年迈呢。告诉你一个秘密，我的父亲去世很早，所以我的恋父情结一直找不到寄托。如果找个丈夫又捎带个老爸爸，那才叫便宜呢。"她眉开眼笑地说。

萧水寒又是一阵朗声大笑，笑声散入静谧的夜空。他的心中十分畅快。自从经过长江大桥那一幕，他就感受到这个女娃娃的吸引力。她是一道浅浅的山泉，是一块晶莹的水晶，甚至是一朵脆弱易折的冰花。但她能让人忘掉所有愁绪，回到孩提时代的透明心境，而这种心境在他的百年孤独中是久违了。在向邱风求婚前他曾经颇为犹豫。以他的真实身份，与年方十九的邱风缔结婚约，他无法逃脱内心的负罪感。但他从感情上已经离不开这个姑娘了。邱风不理解他的内心激荡，认真地慰劝：

"不过你根本不像44岁的人。你的身体只像35岁的青年，最多38岁吧。真的，我一点儿也不骗你。所以，咱俩的年龄根本不算悬殊，你干吗非要把自己想象成一个年迈之人呢？"

"谢谢你的夸奖。"萧水寒微笑着，渐渐转入沉思，他的目光稍显苍凉和忧伤。此后，在婚后的共同生活中，邱风发现，丈夫常常周期性地出现这种忧伤，他似乎有一个驱之不去的梦魇。

萧水寒说："不过，在你决定进入我的生活之前，我必须认真地、明明白白地告诉你一件事。愿意做我妻子的人不得不做出一种牺牲。"

"没问题，我答应！"

萧水寒伤感地笑道："我还没把话说完呢。告诉你，我其实是一个不祥的人，也许是一个妄想狂。有时，我会不自主地回忆起我的前生，甚至前生的前生。对前生的回忆是我驱之不去的梦魇。梦境很逼真，而且……某些梦境太符合真实了，以至我，一个生物科学家真的相信它。"

邱风听得瞪圆眼睛，觉得身上有了寒意。"前生？你是说你相信前生？"

"对，甚至不仅只是相信，它几乎是真实的存在。所以我的行为常常透着古怪。平时我把它严严地伪装了，你们看到的萧董事长只是一个带着光环的虚像。不过，当合上家庭的帷幕后我就会取下假面，那时这些古怪可能就要显露。若想成为我的妻子，应对此有所准备，应学会对它视而不见，不要刨根问底。"

他的话语中透着一种深入骨髓的阴郁，目光也十分沉重。邱风心疼地看着他。她这才知道，原来她（和所有女伴）心目中的至神至圣竟然会有如此的心理创痛。不过这更坚定了她的爱情，她决心走进他的生活，走进他的内心，像小母亲一样爱抚他，温暖他的心。

"还有，与我结婚的人，终生不得生育……"

邱风急急地打断他："不能生育？为什么？"

他苦笑道："这正是我的前生遗留给此生的不祥遗产，是一个重誓。我的亲生子女一定会使我遭受天谴，我的生命将在亲子降生之日结束。至于究竟为什么，我不知道。但这绝不是虚幻的，可以一笑置之的。我无时无刻不感受到它的巫力，也决定要恪守它。"他沉重地说："因此，如果你愿意做我妻子，就不得不牺牲做母亲的权利。我知道，这对你是残忍的、不公平的，你没有义务受我的连累。但我无法摆脱这个重誓的约束，这也是我迟迟不结婚的原因。我把这一切都告诉你，希望你在做出决定前慎重考虑。"

邱风沉下目光，内心翻江倒海。她绝非心机深沉的女孩，平常什么事都是无可无不可的，但这件事恰恰戳到了她的痛处，伤及她的母性。这个决定不容易做出啊。沉思很久，她才抬起头，眼中泫然有光。她说：

"记得我读过一本台湾小说，说母爱没有什么神秘，那是黄体酮在作怪。人身上有了那玩意儿，就会做出种种慈眉善目的怪样子。看后我气极了，奇怪怎么有人能想出这种混账话。很可能我身上的黄体酮就特别多，月经初潮那年，我就萌生了做母亲的隐秘愿望。我老是想入非非，幻想有一个白胖小孩伏在我怀里吮吸。这些话我从来不敢对女伴讲，怕她们嘲笑我。你是我倾诉内心世界的第一人。"她目光楚楚地沉默良久，断然说道："不过，我愿意为你做出这种牺牲！"

萧水寒感动地把她搂入怀中。那晚他们没有再说话，任何语言都是多余的。他们相偎相依，听着雨帘叮咚，《春江花月夜》的古琴声如水波荡漾、月华泻地。他们在静默中缔结了此生之盟。

三个月后他们就结婚了。一个豪华的、中西合璧式的婚礼。同伴艳羡的目光、奶奶笑得合不拢的嘴巴，令邱风心满意足。整个婚期中，邱风是在狂喜和恍惚的感觉中度过的，就似乍进王宫的灰姑娘。她走进了萧水寒的生活圈子，走进了一种全新的生活。但在结婚的狂喜中，她内心深处仍有些许不安。毕竟，那两条关于婚姻的约定太古怪了。而且她的直觉告诉她，这点古怪只是冰山一角。在它下面究竟藏着什么——不知道。婚期的喜悦冲淡了这些阴影，但它们并没有消失，它们在幽暗处悄悄潜藏着。

婚后的生活十分美满。萧水寒真的既像慈祥的老爸爸，又是一个热烈的情人。婚前提及的前生之梦并没有影响他们的生活。邱风仅觉察到丈夫偶尔会陷入伤感，此时他会一动不动地背手而立，凝视客厅中一张古槐图。那是一张水墨国画，干枯皴裂的树皮以大刀阔斧的皴法渲染出来，古槐的老态龙钟中透出睥睨万古的气势。画上没有作者署名。丈夫没有介绍过这张古槐图的来历，仅透露过一句，说这株古槐便是他前生的一个象征。

邱风遵守婚前的约定，对此装作视而不见。不过，每到这些天里，她就从一个淘气的女娃娃变成慈爱的小母亲，把丈夫放进爱的摇篮里，为他唱着遥远的催眠曲。

唯一的不如意之处——孩子，那个经常卧在邱风的想象中，又永远悬挂在九天之遥的孩子。邱风当然要遵守自己对丈夫的承诺，但这并不能阻止那个孩子常常从空中下来，走进邱风的梦中。醒来后，她会眼眶潮红，痴痴地想念他（她）。丈夫对她的心事了如指掌，每逢这时，他就会把妻子搂到怀里，慢声细语地扯开话题。

第三章 狮身人面像

　　邱风的怀孕没有向外人透露，但这瞒不住过从甚密的谢玲。她很快发现邱风嗜酸、呕吐，惊喜地问："是不是怀上了？"邱风羞涩地点点头，掩不住内心的喜悦。"啊呀呀，真是天大的喜事，老板（这是公司所有员工对萧水寒的通用称呼）改变主意了？爱情的力量无坚不摧呀。"

　　在此之前，何一兵等密友都知道萧水寒不要孩子的信条。他们觉得这个信条有点古怪，可以说是不近情理，但没人敢尝试去说服他，因为萧水寒在所有人眼里都是仰之弥高的偶像。听说邱风怀孕的消息后，他们小心地回避着，不同萧水寒谈论此事。不过谢玲倒成了萧氏别墅的常客，对邱风的衣食住行，事无巨细一管到底。

　　胎儿五个月时，萧水寒召开了一次临时董事会。他向董事会宣布，他决定退隐林下，把自己的一半股权转给妻子（但妻子终生不在董事会中任职），另一半股权按照贡献大小，分给这些与他共同创业的生物学家。他和妻子将离开故土，定居在南太平洋深处某个与世隔绝的岛屿，这是彻底的隐居，从此"不会再同人世间有任何联系了"。

　　这个决定显然是晴天霹雳，而且太不近情理、太不正常，董事会所有成员都十分震惊，在震惊中都联想起萧水寒"不要后代"的信条和其后邱风的怀孕。无疑这个古怪决定与此有关。董事们一片反对声浪，但萧水寒的态度没有任何松动转圜的余地。一天以后，他们被迫接受这个决定，并推选出新的董事长——何一兵。

何一兵是15年前加入天元的青年生物学家，后来成了萧水寒不拘形迹的密友。会后，董事们脸色阴沉地陆续散去，何一兵留了下来，闷坐着，以手扶额，心情沉重。萧水寒走过去拍拍他的肩膀，何一兵抬起头，闷声说："我真不理解你的古怪决定，你一定是疯了。"

萧水寒平静地说："你是否需要我帮你复习一些生理知识？人脑在30岁达到生理巅峰，以后每天要死掉10万个脑细胞；人体细胞在分裂约50代后，就会遵循造物主的密令自动停止分裂，走向衰亡。万物都遵循新陈代谢的规律，自然界和人类都没有不死的权威。"

何一兵气恼地骂道："见你的鬼！你是八九十岁的衰朽老翁？你才刚刚50岁呀，正处于智力的成熟巅峰。按照新的年龄分类法，你只能算是'青年中年人'。再看看你的身体，陌生人绝不会认为你超过35岁！"他恳求道："为了天元，为了你的伙伴，是否再考虑考虑你的决定？老实说，我们几个自认算不上弱者，天元的董事长我并不是拿不下来。但像你这样的全才，既有渊博的知识，又有灵动的才情，思维极为简明清晰，世上不容易找到的。有你在旁边，哪怕是一句话也不说呢，我们会胆大一些。再考虑考虑吧，行不行？"

萧水寒目中掠过一丝伤感："我老了，已经没有灵动的才情了。我常常佩服120年前的李元龙。你肯定知道他的，他算得上生物学界的教父。直到120年后，我在学术上的成就仍然不能超越他。"

何一兵烦躁地骂道："真不知道你是什么鬼迷了心！"他心情郁闷，总觉得萧水寒这种毫无理由的突然退隐有什么沉重的隐情。萧水寒过去曾坚持"不要后代"，甚至宣称什么"天谴"，现在邱风怀孕了，他决定退隐当然与此有关。但深层原因到底是什么？何一兵的心中隐隐有不祥之兆。最后，他苦笑道：

"看来你是劝不回来了。我的老板兼大哥呀，你真够狠心的，在一块儿摸爬滚打15年，一句'拜拜'你就走了，还要'终生不再有任何联系'……算了，不说了。有什么善后工作，你安排吧。"

萧水寒笑道："没什么可安排的了，实际上这几年——我结婚后的六年间，一直是你在全面主政。只有一件事，你抓紧把那尊雕像生产出来，安装好。我出国前要在国内转一圈，走前我要看看它。"

他说的是一尊斯芬克斯像。三天前萧水寒已经把一尊百分之一比例的小雕像交给何一兵，它将成为一尊大雕像的生长内核。

"没问题，保证你走前安装好。祝你旅途顺风。万一有什么三长两短，你应该记住，我的友情是值得信赖的。"何一兵沉沉地说。

萧水寒知道这句话的分量，很感动，但没有形之于色。他微笑着，同何一兵握别。

几天后的拂晓，何一兵夫妇等七八个密友在斯芬克斯雕像前为他送行，萧氏夫妇要开始他们的国内之游。

人头狮身的斯芬克斯雕像坐落在公司主楼下，通体四米有余，晶莹洁白，光滑柔润。它是象牙生长基因按人工编写的造型密码"天然"生成的，全身天衣无缝、精美无暇。这座雕像是希腊传说的中国化，狮身是中国的传统造型，但未取明清以来那种凝重的风格，而是师法汉朝的辟邪、天禄石刻；腰身如非洲猎豹一样细长，体态矫健飘逸，双翼似张似合。女人头像部分写意简练，一头长发向后飘拂，散落在狮身上。她的身形凹凸有致，口角微挑，笑容带着蒙娜丽莎似的神秘。从看她的第一眼，邱风就被迷住了。她绕着狮身，从头到尾轻轻抚摸着，啧啧惊叹着，眼神如天光一样流盼不定。

"太美啦！我没法形容它，实在是太美啦。"她由衷地说。

何一兵自豪地说："我想它应该算是一件毫无瑕疵的绝品。"

萧水寒很高兴，笑问邱风："还记得希腊神话中的斯芬克斯之谜吗？"

"当然记得啦。狮身人面怪斯芬克斯是巨人堤丰和蛇怪艾奇德娜的女儿。她向每一个行人问一个谜语，凡是猜不到的就会被吃掉。没有人能战胜她，连国王克瑞翁的儿子也成了牺牲者。国王只好下了诏书：凡能除掉斯芬克斯的英雄可以占有他的王位，并娶他的姐姐为妻。这时，一个勇敢聪明的青年俄狄浦斯来到底比斯城。这位青年一直受到一条不祥神谕的蛊害。神谕说他这一生注定要杀父娶母，他只好四处流浪，以逃避自己的命运。因此他从不看重生命，决心为民除害。他去向斯芬克斯挑战，后者给他出了一个最难猜的谜语：早晨走路四条腿，中午走路两条腿，晚上走路三条腿；用腿最多的时候，正是力量和速度最弱的时候。聪明的俄狄浦斯一下子猜到了。谜底是人啊。人的幼年、中年和老年正是人生的早晨、中午和迟暮。斯芬克斯羞愧自杀，俄狄浦斯便做了国王。水寒，我说的对吧。"

"对，说得很对。"萧水寒叹道，"我很佩服古希腊人的思辨，科学家们从希腊神话中常常能得到哲理的启迪。这个斯芬克斯之谜其实是一个永久的宇宙之谜，是人生的朝去暮来，是人类一代代的生死交替。"他对何一兵说："请费心照料好这座雕像，也许我的人生之谜就在此中。"

何一兵等几人疑惑地看着他，沉重地点头。他们并不能理解萧水寒的话中深意，但他们认真地说："放心吧，我们会履行你的嘱托。"

秋风萧瑟，梧桐叶在地上打旋，空中落下一声雁唳，十几只大雁奋力鼓动着双翅，按照迁徙兴奋期中造物主的指引向南飞去。人字形的雁阵慢慢消失在地平线下。

萧水寒同朋友们一一拥别，然后小心搀扶着怀孕的妻子，坐进H300汽车。斯芬克斯昂首远眺，目送汽车在地平线处消失。

第四章　　垂钓27年

邓飞从早上就坐在这棵柳树下钓鱼，直到中午还毫无收获。几十步外的回水湾是老李在钓鱼，那是他新近结识的渔友。可能是看他一直不提杆，老李忍不住过来对他进行"教诲"："老邓啊，我早说过你选的钓位不行。这条河里草鱼多，钓草鱼要钓顶风，面朝阳，大树下，水草旁。你这儿是顺风、背阳，咋能钓得住呢？还有，你用的饵料也不对，我这儿有新鲜苇芯，草鱼最爱咬钩，你试试，你试试。"

邓飞笑着听他数落，不过仍然我行我素。老李有点恨铁不成钢的样子，嘟囔着"糟蹋了这副好钓具"，摇着头回去了。邓飞闭目靠在树干上，柳丝轻拂着他的睡意。他梦见年轻的爸爸领着五岁的自己去钓鱼，归途中他困了，伏在爸爸背上睡得又香又甜，梦中印象最深的是爸爸宽厚的脊背和坚硬的肌腱。父辈的强大使"那个"小孩睡得十分安心，这种感觉一直深藏在他的记忆中……

梦中倏然换了一个场景，衰老的父亲躺在白瓷浴盆里，忧伤深情地看着他，他正替父亲洗澡。那时父亲已是风前残烛，瘦骨嶙峋，皮肤枯黄松弛，眼白浑浊，一蓬黑草中的生命之根无力地仰在水面上，那是邓家生命之溪的源头啊。这次洗澡之后不久，父亲就去世了。这是他最后一次为父亲洗澡，当时父子二人对死亡都有预感了。他至今记得父亲松弛的皮肤在自己手下滑动的感觉，记得自己对"衰老"的无奈。

手机的铃声把他唤回现实，不过一时还走不出梦境的怅然。人生如梦，转眼间自己也是66岁的老人了。

去年他从公安局局长的位子上退休，感觉自己在一天之内就衰老了，健忘，爱回忆往事。妻子早为他的退休做了准备，买了昂贵的碳纤维鱼竿，配上凝胶纺丝、高级鱼钩、孔雀羽根浮漂，全套现代化钓具。现在他把大部分时间都花在垂钓上。不过说实话，他至今没有学会把目光盯在鱼浮子上，他只是想有一片清净去梳理自己的一生。

现任局长龙波清来了电话，他问老局长这会儿是不是正在钓鱼，垂钓技术如何。他还嬉笑道："听老钓客们介绍，你的手最'臭'，河边坐一天常常钓不上一条鱼，然后到市场上买几斤鱼去充自己的战果。有没有这档子事？"

邓飞不耐烦地说："少扯淡，有正经事快说，别惊了我的鱼。"

龙局长笑道："好吧，言归正传。为了充实老局长的退休生活，使你继续发挥余热，我为你揽了一件任务，我想你一定感兴趣的。"他的声音变得严肃起来："告诉你，咱们设的那根'海竿'的浮子已经动啦。"

邓飞的神经立即绷紧了："是那根'海竿'？"

"对，是那根，27年前设置的那根。晚上我到你家里详谈吧，你在家等我。"

挂了电话，身后老李轻声喊："浮子动啦，快提！"水面上的浮子果然在轻轻抽动，他扔掉手机，慌手慌脚地拉紧钓丝，觉得手上分量不轻。老李说："快抖手腕，先把鱼挂上，再顺着鱼的游势引遛。"他照着老李的指导做了。水中鱼儿挣扎逃走，把线绷得倍儿紧。他的操作太不专业，老李忍不住，从他手中夺过钓竿，一边紧着放线一边惊叹："嘿，还是条大鱼呢，至少三四斤！"

经过半个小时的遛鱼，总算把一条三四斤重的草鱼拉上了岸。看着鱼在草地上弹动，老李不平地说："老话说外行人撒扁担网（指渔网撒不圆）偏能罩大鱼，看来真不假。就你这臭手也能钓到这么大的鱼？真把行家气死。"

邓飞笑着说："运气来时赶都赶不走的，看来这是一个好兆头。"

那根"海竿"已经设置27年了，邓飞那时39岁，是刑侦处一名科长。

有一天，他接待了一个远道而来的客人。刘诗云，山东大学生物系的权威，70多岁，银发银须，身体十分衰弱，走路颤颤巍巍。他是专程来武汉的。

"来不来这儿我犹豫很久，我不愿因自己的错误判断影响一个极富天分的年轻人。我的根据太不充分。"刘老沉重地说，递过来一本生物学报，让他看首篇文章，标题是《量子力学的不确定性原理与DNA信息的传递》，作者萧水寒。

邓飞看过文章的第一印象是，世上竟有人能写出或能看懂如此佶屈的文章，实在令人赞叹。直到现在，尽管自那根"海竿"设置之后他也曾努力博取生物学知识，算得上半个专家了，但那篇文章对他仍相当艰深。当时刘老告诉了他文章的大义，说是论述DNA微观构造的精确稳固的复制，向量子力学的不确定性原理提出了挑战。

DNA在精卵细胞中的信息传递已经属于量子效应的范围了，而量子的行为是不可控制的，但为什么生物性状的遗传是那样精确而稳定？文章对此做了非常精到的解释。

"这是一篇深刻的论文，视野广阔，基本功异常扎实。如果它确实出自20岁青年之手，那他无疑才华横溢，是生物学界的未来。但我有一点挥之不去的怀疑。"

刘老捧着茶杯沉默了一会儿，呷了一口热茶，继续往下说："我曾有一个学生孙思远，生前是山东琅琊台生命研究所所长。实际上，我们的师生关系是挂名的，我们只是在信函中讨论过一些问题，此后他一直以师长之礼待我。其实他的学术成就早就超过我了，生物学界甚至认为他是李元龙——生物学界的教父的隔世传人。不幸的是，5年前他去G国旅游时，竟然离奇地失踪了，那年他刚刚50岁。这个杰出科学家的失踪曾惊动了国内和国际警方，但调查迄今毫无结果。"

邓飞也回忆起这桩案子。它曾登在全国的案情通报上，公安部也曾发过协查通知，后来没有结果。但他不知道这桩失踪案与手头这篇文章有什么关系。

刘老说："孙思远生前曾和我有一次闲聊。可以说，这篇文章的轮廓，在那次闲聊中已经勾画出来了，两者完全吻合，连文章中一些细节都吻合。当然，单是这种吻合说明不了什么问题。科学史上有不少例子，不同科学家同时取得某一突破，像焦耳和楞次，达尔文和华莱士，等等。但有一件事使我很不放心。"

他看着邓飞，加重语气说道："我与孙思远相识多年，对他的行文风格已经十分谙熟。他的思维极其简捷明快，行文冷静简约，其内在力量是别人无法模仿的。奇怪的是，青年萧水寒的文风却与他十分相似，非常相似。"

那天晚上，邓飞向刘老要了几篇孙思远的文章，强迫自己看下去。第二天会面时，他小心地告诉刘老，他看不出刘老所描绘的绝对的一致性。

刘老苦笑着说："我绝不是贬低你，你在自己的专业中一定是出类拔萃的专家，但在判断论文风格时，请你相信一个老教授的结论，这一点不必怀疑。"

邓飞问道："那么，按你的推断，萧水寒的文章是剽窃了孙思远的成果？而且恐怕不仅仅是剽窃，很可能他与孙的离奇失踪有某些关联？"

刘老点点头，阴郁地说："我多少做了一些调查，萧水寒是三年前从G国回来的。"他在"G国"两个字上加重读音，并看了邓飞一眼："他回国后就如爆炸般接连发表了几篇高水平的生物学论文，接着创办了天元生物工程公司。可是在此之前，他在生物学界籍籍无名，也没有任何学历。你看，简直是天上掉下来的生物学家，这不合常情。"

但除此之外，刘教授不能提供任何有价值的线索。临走时，老人再次谆谆告诫：

"我知道自己的怀疑太无根据，我是做了很久的思想斗争才下决心来这儿的。希望此事能水落石出，使我的灵魂能安心去见孙思远先生。他的过早去世是生物学界多么沉重的损失啊。如果他是被害的，我们绝不能让凶手逍遥法外。不过你们一定要慎重，不能因为我的判断错误影响一个青年天才的一生。"

他的话透露出他的矛盾心境。邓飞也被他的沉重感染，笑道："这点你尽可放心。"

走到门口，老人又交代："有什么需要了解的请尽快跟我联系，我这把年纪，不定哪天就爬烟囱了。"

那时邓飞笑着说："不会的，不会的，你老能活到100岁。"他把老人送出大门。

刘老对故友的责任感使邓飞很感动，但一开始，邓飞并没打算采取什么行动。单凭一篇文章的相似风格就去怀疑一个科学家，未免太草率了。

那天邓飞没有听出老人话中的不祥之音。老人回济南后不久就去世了，原来他已经是肺癌晚期。他为了故人情意，临终前还抱病远行，这使邓飞觉得欠了一笔良心债。于是，他不顾别人的反对，在此后的27年中，对萧水寒做了不动声色的耐心的监控。不过调查结果基本上否定了刘老的怀疑。

在对监控材料进行推断时，邓飞常想起文学界的一桩疑案：有人怀疑肖洛霍夫的名著《静静的顿河》是剽窃他人的。对这个观点有赞成有反对，一直是个糊涂案子。这种怀疑之所以有一定的市场，是因为肖洛霍夫自《静静的顿河》之后确实未写出任何一部有分量的作品。但萧水寒则不同，在此后的27年中他确实没再写过有分量的论文，但在生物工程技术中有卓越的建树，他的学术功底是无可置疑的，在国际生物学界也属于佼佼者。在这种情况下，谁还会怀疑萧水寒的处女作是剽窃他人呢？尤其还与谋杀连在一起？

实际上，随着时间的推移，邓飞觉得自己几乎成了萧水寒的崇拜者。他常羡慕萧水寒活得如此潇洒。他多才多艺，能歌善文，既有显赫的名声，又有滚滚的财源。他品行高洁，待人宽厚，在研究所和生物学界有极高的声望。邓飞曾疑惑萧水寒为什么一直不结婚，不过几年前他终于有了一个美满的婚姻，妻子是一个水晶般纯洁的女人。

但是在一片灿烂中，邓飞总觉得还有几丝阴影，萧水寒的来历自始至终罩着一层迷雾。尽管在电脑资料中，他在国外的履历写得瓜清水白，但由于种种原因，邓飞一直没有找到一个"活"的见证人。他是从G国回来的，而G国是国际社会公认的一个毒瘤，那儿的法律已经崩溃，一个世纪以来一直是洗钱和"洗身份"的天堂，江洋大盗和毒贩都能在这儿得到一个清白的档案。所以，萧水寒在G国的这段经历难免使人怀疑，而且孙思远正好是在G国失踪的。萧水寒的为人太完美，太成熟。要知道，当他被置于观察镜下时，只是一个二十几岁的毛头小伙，在这个年龄阶段，因为幼稚冲动犯点错误，谁都会原谅的。但萧水寒却超凡入圣，似乎是与生俱来的圣人和楷模。

对萧水寒的调查从未正式立案。这是一个马蜂窝，鉴于他的名声，稍有不慎就会引起轩然大波。但为了刘老生前的嘱托，邓飞一直在谨慎地观察着。他退休后由龙波清接下这项工作。

龙波清十年前就干上了邓飞的副手。一个红脸大汉，身高体胖，说话时声振屋瓦。进门他就喊："嫂子，今天拿什么招待我？"邓飞妻子苗茵笑着说："老邓钓的一条鱼，有三四斤重，管你饱了。实打实说吧，老邓自钓鱼以来，也就今天钓了一条大鱼，恰巧让你碰上了，你有口福哇。"

晚饭时那条脆皮鱼使他大快朵颐，对女主人的烹调赞不绝口。夸了女主人，又夸邓飞的好运气，因为竟有这样的傻鱼咬邓飞的钩。两人是打惯嘴巴官司的，邓飞笑着，不理他的话茬。酒足饭饱后，他们来到书房，女主人泡了两杯君山银毫后退了出去。龙波清这才开始正题。

"银行的马路消息。"他拿着一把水果刀轻轻敲打着桌面，看着君山银毫在杯中升降，富有深意地瞟着邓飞。邓飞知道这句话的含义。他们曾通过非正式的途径，对萧水寒夫妇的财政情况进行了监控。严格说来，这是违法行为，所以他们做得十分谨慎。"萧水寒夫妇最近取出自己户头上的全部存款，又把别墅和一艘豪华游艇低价售出，总计不下1.2亿元，全部转入一家瑞士银行。他拿出在天元公司一半的股票，无偿分给其他股东，另一半转到了妻子名下。听说他已提出辞职，说他工作太累了，想到国内和世界各地游览一番。经查，他们购买了10万元的国内旅支，10万欧元的国外旅支。"

邓飞品着热茶，静静地听着他介绍。老龙说："按说现在不是他旅游的日子。他结婚6年，妻子第一次怀孕，如今已5个月了。"

邓飞点点头说："在对他监控时，我发现邱风对小孩子有极强烈的母爱。那时他们没孩子，几乎每个星期天都要把别人家的孩子接来玩。我想，对这个得之不易的孩子，她一定会加倍珍惜的。再说，萧水寒的事业正处鼎盛期，这时退隐很不正常。"

"还有一点十分可疑，他在董事会上宣布，他将到南太平洋某个岛屿隐居，从此，"龙波清在这俩字上加了重音，"不再和世人有任何联系。"

"噢？这么决绝？"

"是啊，这是他的原话。这不太正常吧。不过你知道证据太不充分，而且这些证据'来路不正'，无法正式立案，最好有人以私人身份追查这件事。"他狡猾地笑着，"我知道一抛出这个诱饵，准有人迫不及待地吞下去，是不？"

邓飞笑笑，默认了。听到这个消息，他身上那根职业性的弓弦已经绷紧，想起了27年前刘老的沉重告诫。

龙波清说："如果你决定去，局里会尽量给你提供方便，包括必要的侦察手段和经费。不过我再说一句，你是以私人身份进行调查，如果捅出什么娄子，龙局长概不负责。"他笑了："这是几句公事公办的扯淡话，我知道你老邓的身手。还有，龙局长不管，龙波清会不管吗？哈哈。"

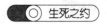

邓飞简单地问："他什么时候离开武汉？"

"据说就在这两天了。说要等一座斯芬克思雕像安好就出发。那是萧水寒留给公司的纪念。你不妨去看看，听说非常漂亮精致。"

"好的，我接下这件活。我把需要的侦察器械列个单子，明天交给你。"

"行，没问题。喂，老邓，你预测一下，这件事追下去会不会追出什么结果？凭你的直觉猜吧，你的直觉常常很管用的。我现在可是满脑门糨糊。"

邓飞摇摇头说："不行，这次我预测不出来，我总觉得这件事有点超出常规。"

龙波清没再说话，向卧室喊道："嫂子，我走啦，下次老邓再钓到鱼别忘了喊我。"他从门口的衣帽钩处取下风衣便走了。

第五章　树祖

　　豪华的H300氢动力汽车一路向西北奔去，第一站定在西北某山区的槐垣村。萧水寒说，这是他"前生的前生的前生"的灵魂留恋之处，家中的古槐图就是此处的写照。遵从过去的惯例，邱风把自己的好奇藏在心底，对此不闻不问。

一路上萧水寒对邱风照顾得无微不至。H300的行驶十分平稳，车身很长，后排的座椅可以放下一张相当宽阔的床。座椅是手工缝制的小牛皮皮面。车里还有桃花心木的家具，配备有北斗定位系统、商务电脑、微型冰箱、电热咖啡壶等，设施十分齐全。邱风有时在后排斜倚着休息，不厌其烦地用手指同胎儿对话。偶尔感到胎动她就欣喜地喊：

"水寒，他又动了，用小腿在踢呢。这小东西真不安分！"

萧水寒扭头斜瞟一眼，微笑道："是哪个他？he or she？"

"你呢？想要个儿子还是女儿？"

"随你。"

"不，我要听听你的意见。"

"你猜呢？"

"我猜你准是要个男孩，好延续萧家的生命之树呀。"

"啊呀，这可是对我的诬蔑，我什么时候说过男孩才能延续萧家的生命之树？生男生女都一样好，女儿同样延续我们的家族之树，还更知道疼爹妈呢。"

邱风咯咯地笑起来，说："好吧，生男生女都不要紧，不过最好能有一个小伢一个小囡，各有各的好处。"

后来她让丈夫停车，换到前边右侧座位。她发现丈夫很长时间没有说话，不知道从什么时候起，他又陷入了那种周期性的抑郁。邱风在心中叹道：一定是前生的梦魇又来了。

她不再说话，怜悯地看着丈夫。别看她是一个头脑简单的女人，她可不相信什么前生前世的神话。她猜想，这里一定有什么潜意识的情结，可能是童年的某种经历造成的，心灵受了伤又没有长平，结了一个硬疤。可是据他说，他在20岁以前是在G国的一个华人区长大的，怎么可能把梦中场景选在中国西北呢？

她叹口气，不愿再绞脑汁了，"把烦恼留给明天"是她的人生诀窍。等赶到槐垣村再说吧，也许这次经历会医治他的妄想症。

他们的旅行十分从容，没有一个时间表，因为他们有整个后半生供他们消费呢。出发前他们曾到邱风奶奶家住了两天。两人结婚后，奶奶坚决不随孙女婿住。邱风只好让她留在老房子里，为她找了一个能干的保姆。这次邱风对奶奶说，他们要出国了，等他们在澳大利亚安下家，就来接奶奶同去。奶奶笑着说：

"风儿去吧，这辈子跟着水寒你会很幸福。不过别打我的主意，我是决不会挪窝的。"

"那怎么行，我们住那么远，把你一个人撂家里，能放心吗？"

不管孙女怎么劝，奶奶只是一个劲儿摇头。后来被逼紧了，奶奶小声说："你甭劝了，再劝也没用的，知道我为什么不去吗？"邱风说不知道。

"想想吧，水寒和你结婚后喊没喊过一声奶奶？"

邱风哑口了，萧水寒确实从没喊过一声奶奶。她勉强解释道："奶奶，你知道水寒年岁较大，'奶奶'有点喊不出口。但他从来对你很尊敬。你不要争这一点，行不？"

"我不争，水寒对我很好，我不争他喊不喊奶奶。可是你知道不，我和他在一起总感到拘谨，倒像他是我的长辈似的……你别笑，真是这样。

所以你别劝我啦，我决不会随你们住的，知道你们的孝心就行啦。"

一直到他们离开，奶奶对这件事也没有松口。邱风心里不好受，但只有随奶奶的意了。他们在信阳游览了鸡公山，在西安游览了大小雁塔，又到黄陵县的黄帝陵参拜了一番。去黄帝陵时正赶上重阳大祭，陵前人头攒聚，海内外来的中华儿女都在肃穆地行礼。邱风印象最深的是桥山轩辕庙里的黄帝手植柏，据传已有5000岁。它枝干虬曲，树叶层层密密如一顶硕大的绿伞。

旁边的石碑上写着："此柏高五十八市尺，下围三十一市尺，中围十九市尺，上围六市尺，为群柏之冠。谚云，'七楼八搩半，疙里疙瘩不上算'，即指此柏。"

邱风想，5000年啊，按25年为一代，已经有200代人在这株树下走过了。一代一代，生生死死，再叱咤风云的英雄也变成了尘土，但这株老树还是生机盎然。她不由得对它肃然起敬。

第二天他们下了公路，在急陡的黄土便道上晃悠了一天。萧水寒担心妻子的身体，不时侧脸看看。他没有打算乘飞机来这儿，因为他想让妻子还有未出世的儿女，走一遍他走过的路。

这片过于偏远的黄土地没有沐浴到22世纪的春风。当汽车盘旋在坡顶时，眼底尽是绵亘起伏的干燥的黄土岭。土黄的底色中也时有绿意，但它们显得衰弱和枯涩，缺乏南方草木的亮丽。越往北走，道路越狭窄和陡峭，有时H300的长车身转弯相当艰难。汽车随山路下行，涉过铺着碎石的浅溪，又随着曲曲弯弯的山路上升。

萧水寒告诉妻子："这些绵亘起伏的群山实际是平坦的黄土高原被

千万年的水流切割出来的，你看那些最高的山头都是平顶，这就是最有力的证据。而黄土高原却纯粹是风力搬运而成的。所以，在这一带你很难找到一块石头，只有到几百米深的河谷里才能看到碎石，那就表明这是黄土层的底部了。"

傍晚，萧水寒叫醒在后排睡觉的妻子："已经到了。"

睡眼惺忪的邱风被扶下车，慵懒地依在丈夫怀里。忽然，她眼前一亮。夕阳斜照中是一株千年古槐，枯竭干裂的树皮上刻印着岁月沧桑。树干底部很粗，约有三抱，往上渐细，直插云天。相对这么粗的树干来说，树冠显得较小，但浓绿欲滴，在四周沉闷的土黄色中，愈显得生机盎然。极目所止，这是周围唯一的一棵大树。它和黄帝手植柏一样的老迈苍劲，但比手植柏要高，再加上周围的空旷，更显得卓尔不凡。斜阳中一群归鸟聒噪着飞向古槐，树冠太高，又映着阳光，看不清是什么鸟，不过从后掠的长腿看像是水鸟，也许它们是从数百里外的河流飞来。

萧水寒背手而立，默默地仰视着。邱风目光痴迷，看看丈夫，再看看槐树。它与家里的古槐图太像了！她能感到丈夫情感的升华。这是邱风第一次和丈夫的"前生"有实际的接触，从这一刻起，邱风开始认真对待丈夫的前生之梦。

大树下有几个闲人正在听一位老人摆古，看见来了两位外地人，他们好奇地远远看着。那个白须飘飘的老人分开人群，走过来搭讪："年轻人，外地来的？"

邱风笑着回答："嗯，我先生领我专程赶来，看大槐树。"

老人高兴地夸耀："这树可有名！相传是老子西出函谷后种下的。地方政府作名树登记时请专家鉴定过年轮，说它至少有1200岁了。还有更奇的呢，这实际不是一株树，老树已经濒死了，树心都空了。正好一棵新槐从树心长出来，也有200年了。你看那树冠，实际大部分是新槐的。再看看树根，从老树的树洞里能看到新树的树干。我们这儿叫它子孙槐。"

邱风嫣然一笑，"这些我看见了。其实我早就知道它。"

老人很惊奇，"你来过这里？"

"没有。但我先生有一幅祖传的国画，画的名字叫'树祖'，画的就是它。画得真像！知道吗？我先生没事时常与画上的'它'对话呢。他说的一些话我都能背出来了，尽管我一直不大懂。"这些话她实际是对丈夫说的，这些疑问已放在心中多年，她希望今天能听到丈夫的解释。

老人笑哈哈地问："这位先生祖上是此地？"

一直默然凝视树顶的萧水寒这才回过头来，微笑答道："不，那幅画是我爷爷的太老师，一个姓李的生物学家传给他的。"

老人高兴地喊道："一定是李元龙他老人家，对吧？"

萧水寒笑着点头。老人很兴奋，面前的远客一下子变得十分亲近。他热心地介绍道："李先生是我们村出的一个大人物啊，就是这株树下长大的。从小调皮胆大，曾赤手空拳爬到槐树顶。老辈说大槐树上还有黄大仙哩，在他爬树以后仙家才不敢露面了。他去世前回过家乡，捐资修建了一座中学，还到大树下来告别，把我们一群光屁股娃儿集合起来，每人发了一支钢笔一个计算器，还讲了好多有学问的话。"

萧水寒笑问："你老高寿？照年龄看，你好像见不到他的。"

老人并不以为忤，笑哈哈地掰指头算道："我快90了。今年是李先生

170年诞辰，他是50岁去世的，离现在有120年。你说得对，算来我是见不到他，也许是老辈人经常讲摆这些事，弄得我像是身临其境似的。"

邱风惊奇地问道："你老已经90了？我还以为你不到70岁呢。"

老人得意地说："别小看这个小地方，这儿是有名的长寿之乡，《长寿》杂志经常来这儿采访。古时候还出过一位120岁的人瑞呢。村北有一个'升平人瑞'牌坊，就是宣统二年为这位人瑞立的。中柱对联上刻着：椿树百年，耆艾荣旌绥福履；竹林千叶，瓣香普祝寿期颐。村里人都会背。你们不妨去看看。"他又问："我刚才说过，李元龙先生去世前捐资在这儿建了元龙中学，你们想不想参观？去的话，我给你们带路。"

萧水寒同妻子商量一下，说："那就有劳你老人家了，请吧。"

邓飞把汽车远远停在一面山坡上，用望远镜观察着树下的动静。他带有远距离激光窃听器，能根据车门玻璃的轻微震动翻译出车内或附近的谈话声。他看见那一行人正准备去参观元龙中学，又听见邱风在低声问丈夫李元龙是谁。邱风文化层次不高，没听说过这位120年前非常著名的生物学家。邓飞在涉猎生物学知识时早就熟悉了这个名字，知道他是用基因手术治愈癌症的鼻祖。

窃听器中老人在喋喋不休地介绍，这儿是李先生小时上学常走的路，李先生上学时如何艰苦，要步行30里，18个窝头就咸菜就是一星期的伙食；他的成就如何伟大，是中国科学院的院士，大鼻子外国人见了他都是毕恭毕敬的……看来这位李元龙在他的偏僻故乡已经被神化。

随着人群远离萧水寒的汽车，窃听器中的声音渐渐微弱。邓飞打开一罐天府可乐，一罐八宝粥，又掏出一块夹肉面包，一边吃着一边打通了龙波清的电话。他告诉龙波清，萧水寒夫妇已经到了一个非常偏远的陕北山村，是著名生物学家李元龙的故乡。看来他的探访是针对李元龙而来的，希望局里尽快把李元龙的详细资料找出来，核对一下。龙波清安排人在电脑中查询，然后问：

"怎么样，这一星期有收获吗？"

"没有，一点儿也没有，这两人似乎是世界上最不该受怀疑的，举止从容，心地坦荡，看来完全是一场正常的旅游。我担心咱们的跟踪要徒劳无功。"

"别灰心，不轻易咬钩的才是大鱼呢。或者，能证明他确无嫌疑，同样是大功一件嘛。喂，资料查到了，这些天有不少文章纪念李元龙先生170年诞辰，你要的资料应有尽有。"

他告诉邓飞，李元龙的籍贯确实是该村，1980年出生，2010年结婚，有一个儿子。李元龙是科学院院士，在癌症的基因疗法上取得了世界性的突破，由此获得世界声誉。他在生物学理论上的贡献也绝不逊色。他在宇宙生命学、生命物理学、生命场学、生物道德学中的开拓性研究，直到百年后还是生物学界的《圣经》。他50岁失踪，一般认为他是死了，但死因不明。背景材料上说他的死亡比较离奇，因为一直未寻到尸首。但他写有遗书，失踪前又对手头工作和自己的财产做了清理，所以警方断定不是他杀。

"不过，萧水寒和他能有什么关系？"他在电话中笑道，"他总不能飞到120年前去谋杀李元龙吧。那时他还在他曾祖的大腿上转筋呢。"

邓飞迟疑着没有回答。萧水寒与李元龙当然是风马牛不相及，可是，他为什么千里迢迢赶来参拜？他为什么一直把那幅古槐图挂在客厅里？听邱风的口气，就连她也不明就里。还有，李元龙和孙思远，两个杰出的生物科学家，同是在盛年离奇失踪，同样和萧水寒有这样那样的联系，这种巧合难免让人不安。

邓飞从望远镜里看到那一行人已经返回，打开车门上车，然后那辆汽车缓缓向村里开，显然萧氏夫妇已决定在这儿住下。他打开窃听器，听见三人正热烈地讨论着今晚的饭菜，萧水寒坚持一定要吃本地最大众化、最有陕北特色的饭菜。老人笑着答应了，问："枣末糊？荞麦饸饹？烤苞谷？猫耳朵（一种面食）？"萧水寒笑道："好！这正是我多年在梦中求之不得的美味啊。"

邓飞听得嘴馋，丧气地把可乐罐扔到垃圾袋里。他启动汽车，远远地跟在后边。从窃听器里听到前边的汽车停下了，几个人下车后关上车门，然后窸窸窣窣地进屋。暮色很快降临，那边熄了灯，安静下来。他也把后椅放平，揣着话筒迷迷糊糊入睡。梦中他看到萧水寒在狼吞虎咽，一边吃一边嚷着："好吃好吃，家乡的美味呀，我已经120年没吃上它了。"

醒来后他自己也觉得好笑，怎么有这样一个荒唐的梦。窗外微现曦光，古槐厚重的黑色逐渐变淡，然后被悄悄镶上了一道金边。村庄里传来嘹亮的鸡啼。萧水寒一行还未露面，邓飞取出早饭，一边吃一边打开电脑，把家里传来的李元龙的信息再捋一遍。27年前，他为了增加生物学知识以助破案，曾请刘诗云先生为他开列一些生物学的基本教科书，其中就有已故的李元龙先生的几本著作。这些文章他不可能全看懂，但至少了解了它们的梗概。有时候他觉得科学家的思维与侦察人员很相似，他们对真相（真理）的探究都常常是"出人意料"，又在"情理之中"。比如李元龙在生物道德学中说过，生物中双亲与儿辈之间的温情面纱掩盖了"先生"与"后生"的生死之争。从某种意义上说，所有儿辈都是逼迫父辈走向死亡的凶手，而衰老父辈对生之眷眷，乃是对后辈无望的反抗。他提到俄狄浦斯，即那位杀死斯芬克斯的英雄，杀父娶母的希腊神话，说它实际是前辈后代之争在人类心理中的曲折反映。他又说，生物世代交替的频度是已经注定的，有寿命长达5000年的刚棕球果松，也有寿命仅个把小时的昆虫。但不同的频度都是其种族延续的最佳值。所以，让衰朽老翁苟延残喘的人道主义，实际是剥夺后代的生的权利，是对后代的残忍。人类不该追求无意义的长寿，而应追求有效寿命的延长。

读着这些近乎残忍的见解，他常有茅塞顿开之叹。他觉得李先生说的是千古至理。不过，当他的老父在病床上苟延残喘时，他照旧求医问药百般呵护，尽力为老爹多争得哪怕一天的寿命。所以他常笑骂自己是一个口是心非的两面派。

太阳已经很高了，萧氏夫妇还没有出村。莫非他们在这个陌生之地要盘桓几天？邓飞等得有点着急，但他不敢把车再往前开。这儿地势开阔，很容易被村里人发现。他离开汽车，爬到坡顶向村里张望。这儿真有桃花源的古风，可能正是农闲，没有人下地干活，几缕炊烟袅袅上升，隐约看见几个孩子在大槐树下玩耍，一只黄狗很悠闲地卧在当道。萧水寒那辆漂亮的H300氢动力汽车停在一幢小院的旁边，那是昨天那位白须老人的家。

邓飞突然发现侧部有一道亮光一闪而过。原来西边很远处也有一辆汽车，藏在崖坎下，东边的朝阳正好照在车窗玻璃上又反射过来。邓飞取出望远镜，调好焦距，看见两个穿黑衣服的人立在车侧，也在用望远镜向村里观察。其中一人手持望远镜在扫视，无意中转向这边，与邓飞在镜头中目光相撞。那两人迅速缩回车内，很快车子就开走了。

邓飞很吃惊，也很纳闷。毫无疑问这两人也是冲着萧水寒来的，凭邓飞几十年练就的眼光，这一点完全可以确定。但他们是从哪儿来的？是龙波清不放心，派两个人悄悄跟在他后边？依他对龙波清的了解，不大可能。那么，是什么人也凑巧对萧水寒产生了兴趣？

邓飞不禁有点后怕。从那两人与他目光相撞后迅即离开的情形看，他们肯定已经知道邓飞的存在。那么这些天来他们是在暗处，而邓飞却是在明处。也许自己真的老了，眼神不行了，没能及时发现身后的尾巴。邓飞思索一会儿，打通了龙波清的电话。

"什么？另有人跟踪萧水寒？"龙波清困惑地问。

"不会是你派的人吧。"邓飞开玩笑地说。

"扯淡。我派人干什么，我还能信不过你老邓？"他问清了两人的衣着、形貌特征和汽车的颜色型号，沉吟一会儿，"老邓，据你估计这两人是什么来路？"

"我刚刚发现，只和他们在望远镜上对了一次火，心里还没数。但据我看，恐怕黑道上的居多。"

"娘的，这可热闹啦，"龙波清嘟囔着，"既然有第三者感兴趣，那么这位萧先生恐怕是真有什么秘密了。而且他这么深藏不露，没准是条大鱼哩。老邓，这两人你不要管，我另外派人去查清他们的底细，你只盯着咱们的萧先生就行。再见。"

为两个客人准备的早饭仍是地道的陕北口味。这不大对邱风的口味，她对饭菜的夸奖只是出于礼貌。但丈夫是确实喜欢，吃得极投入、极热烈，一副饕餮之徒的模样。

主人笑着问："看萧先生的口味，只怕在陕北住过吧。"

萧水寒开玩笑地说："当然，上一辈子就住在槐垣村嘛。"一家人笑了。邱风迅速看了丈夫一眼，只有她知道，丈夫的玩笑中包含着别的内容。

昨晚他们去参观了元龙中学。这是座相当考究的学校，占地颇广，其中一座平房被辟作李元龙纪念馆。老人说，这儿是李先生的故宅，一直保留着，元龙中学就是以这座房子为中心建起来的。屋里有几件简朴的家具——桌子、床、条几；墙上挂着李氏夫妇的遗像。邱风看见丈夫在遗像下站了很久，离开时眼中闪着泪光。看着丈夫的感情激荡，此刻她对丈夫的"前生"有了更深的体会。

饭后老人全家为萧氏夫妇送行，熙熙攘攘地互相告别。老人的孙媳还把邱风拉到一边，低声叮咛孕妇应注意的事项，她们在昨晚已成好朋友了。老人又拎出几包土产往车上塞，有大红枣、核桃、饸饹面等。他们已坐上汽车，但萧水寒似乎在犹豫。他最终走下汽车，把老人拉到一边，轻声问："李元龙还有后人吗？昨天一直没有听你们提起。"

"有，他的曾孙李树甲还在。原来跟他孙子小胜在外地住的，后来回到县城了。听说他孙子不是东西。"

"怎么啦？"

老人叹口气："老话说'君子之德，五世而斩'，这个李小胜真辱没他家祖宗！他是经商的，手里有几个钱，偏偏容不得一个孤老头子。李树甲如今78岁了，独身一人住在县城，听说日子过得很紧巴。这些情况李树甲从不向外说，他还顾孙子的脸面呢。我也是听别人说的。"

萧水寒目光沉沉地听着，良久问道："李小胜的地址在哪儿？"

"在西安小寨区，叫什么诚信公司，真辱没了这个名字。"

萧水寒对此没再说什么，同老人及全家作了最后一次的告别，驾车离开了。汽车在盘山路上开了很久，邱风回头看看，那棵参天古槐还映在汽车的后窗里。萧水寒久久没说话，默默地看着前方的道路。后来他打开手机，给何一兵打通了电话。

那边在电话里喊道："好哇好哇，你总算舍得打一个电话。你的手机换了号，我一直打不通。现在在哪儿？"

萧水寒简单地说："一兵，找你帮个忙。"

"说！尽管说。"

萧水寒让他到西安小寨一带找一个诚信公司，老板叫李小胜，或李什么胜，是陕北槐垣村人，他爷爷叫李树甲。"找到后想办法教训教训他，让他学会赡养老人。这事抓紧点，在我回西安前办妥。"

"没问题，我亲自去揍扁他！"他笑道，然后收起笑谑，"放心吧，我会妥当处理的。以后常来电话啊。"

萧水寒挂断电话，没有对邱风做什么解释。在他处理李元龙的家事时，邱风一直好奇地旁观着。丈夫是在代他的"前生"料理家务啊，是阳世之人代阴世之人做事啊。他做得坦然自若，但邱风心中不免寒凛凛的。

汽车径直开往县城。县城是近几年才由一个镇子升格而建的，所以城内建筑比较简陋，整个县城其实只是一条长街罢了。萧水寒的H300在这儿很惹眼，不少小孩跟在后边看。他缓缓开着，向路人打听李树甲的地址。他们找到了，这是一栋破旧的住宅楼，李树甲住在顶层。敲开门，里边是一个形容枯槁的老人，背已经驼了。屋内陈设极为简陋，不像是生活在22世纪。萧水寒目光沉沉地打量着屋内的一切，邱风的目光则时时跟着丈夫。她很好奇，她想揣摩丈夫看到他"前生"的曾孙时是什么心境。

李树甲迟疑地问："二位是……"

萧水寒平和地微笑道："老人家，我们刚从槐垣村来，乡亲们给你捎来一些土产。"他把村里人送给自己的红枣、核桃全给了李树甲。

李树甲很感激："谢谢，谢谢，大老远的……乡亲们还惦记着我……请坐，快请坐。"

他要为二人沏茶水。邱风见他行动不便，忙拉他坐下，代他沏了茶。老人又张罗着留二人吃午饭，萧水寒亲切地说："老人家，不要张罗了，我们行期很紧，马上要走的。你年纪大了，没和儿子媳妇住在一起？"

"他们都走啦，黄泉路上无老少，黄叶没落青叶落呀……"

"孙辈呢？"

老人迟疑片刻，言不由衷地说："他们忙啊，我不想拖累他们。"

萧水寒定定地看着他，目光中微露怜悯。邱风想，这是长辈看晚辈的目光啊，丈夫看来真的进入"角色"了。她又悟到，萧水寒是用"老人家"这个词称呼李树甲，也是用这个词称呼一切比他年纪大的人，包括自己的奶奶。回想起来，他从没用过"大爷""大伯""奶奶"这些具体称呼，奶奶心里为此还结了一个疙瘩呢。

萧水寒皱着眉头说："不要为孙子遮掩了，其实我什么都清楚。大伙批评了他，他有些悔悟了，最近就要来接你去赡养。老人家，对儿孙辈要加强教育呀，莫要溺爱，溺爱是害他们。"

李树甲脸红了，嗫嚅着，真像是不争气的晚辈在聆听长辈的教诲。萧水寒在心中感叹，以李元龙的风骨，怎么会有这么懦弱无能的晚辈？他放软口气说："住到小胜家之后，切记要端起长辈的架子。他是你孙子，赡养你是他的义务，是为上辈人的抚育还债。他要是还不像话就到法院告他！记住了吗？"

李树甲红着脸点头。来人虽然比他年轻得多，而且态度很平和，但平和中自有一股无言的威势，让自己心悦诚服地接受教诲。萧水寒没有多留，再次扫视屋内，叹息着起身告辞。

萧水寒在附近又盘桓了两天。邱风知道他是在等何一兵的结果，这桩心事未了之前他是不会离开的。看着丈夫这么尽心地处理"前生"的事，邱风又是感动，又是惶惑。这件事再怎么说也有点阴气森森的。两天后何一兵来了电话，说一切都解决了，萧水寒便立即动身去西安李小胜家。

李小胜的别墅在南郊，是一个独院，林木葱郁中露出一幢小红楼，一条小河绕墙流过，河边是古典式的凉亭。萧氏夫妇赶到时，李小胜夫妇和一个保姆正扶着爷爷散步，一派天伦之乐。看见客人，李树甲惊喜地说："是你们二位啊！"李小胜也满脸堆笑地迎上来，但萧水寒只是冷淡地对他点点头。他们在凉亭坐定，萧水寒问老人在这儿习惯吗？饭菜可口不？孙辈们怎么样？李树甲高兴地说："好，都很好，生活好，孙子和孙媳待他好。"

萧水寒说："这就好。"他把目光转向李小胜夫妇："晚辈出点错没什么打紧，改了就好。不过记着以后不可再犯，如果是那样，你爷爷饶不了你们！"

邱风暗暗惊讶，萧水寒是从不说这样的狠话的，何况是对陌生人？李小胜当然十分恼火，一个素不相识的陌生人，来家里像老子数落儿子似的教训他，谁受得了？不过他不敢顶撞。两天前，一个叫何一兵的人突然找到他，给他带来一笔大生意，条件优惠得让他不敢相信。何先生只提出一个条件：让他把爷爷接过来，好好伺候，让他心情愉快地走完人生最后几年。那会儿李小胜恼火地说："生意归生意，不要扯我的家事！"

不料姓何的一下子变了脸，指着李小胜的鼻子，痛快淋漓地大骂一通。他说："这件事老子管定了，我是受人之托，要不才懒得管你家闲事呢。你面前只有两条路：一是按我的话办，咱们的生意也做下去；二是你固执己见，生意泡汤，但事情还不算完。我向你发誓，我要尽我的财力，让你的公司在半年内完蛋，还要把你的不孝宣传得家喻户晓。乌鸦还知道反哺呢，你个禽兽不如的东西！"

李小胜被骂得灰头土脸，但没敢再顶撞。撇开对方的威胁不说（他相信那家伙有实力兑现他的威胁），毕竟他也理亏，单让他落个不孝之名，他在社会上的信用也就毁了，而对生意人来说，信用就是金钱。于是，他当机立断，连夜从家里接来爷爷，这两天变着法子哄老人高兴。

今天这位不速之客是什么人？很可能就是何小兵后边的那个人吧。李小胜和妻子讪讪地笑着，一时不知道该说什么好。爷爷赶紧为他解围：

"不会的，不会的，萧先生你放心。小胜从根底说是个好孩子呀。"

萧水寒于是把这一页彻底翻过去，和颜悦色地和全家拉起家常。他问小胜的妻子："回老家去过吗？你们得空儿应该去一趟。那儿的大槐树远近有名，也被称作子孙槐。你们的曾爷爷叫李元龙，是一位有名的生物科学家。你曾奶奶叫段玉清，是个非常贤惠能干的女人，可惜45岁那年因车祸走了。在元龙中学里还有他们夫妻的照片，你们可以去看看。你们做事不要辱没了先人，他们一定在天上看着你们哩。"

邱风一直插不上话，不过她觉得眼前这个场面蛮有趣的。萧水寒坐在上首，一家人（包括78岁的李树甲）毕恭毕敬地同他说话，甚至同邱风说话时也是毕恭毕敬，这让邱风很有一点"太奶奶"的味道。他们的谈话很欢洽，连小胜夫妇的情绪也扭转过来了，开始诚心诚意地挽留客人进餐。

午饭吃得很愉快，一家人诚心邀他多住几天，他坚决辞谢了："不，饭后我就要走，我们还要去很多地方，不能再耽误了。百年相聚终有一别，知道你们过得好我就放心了。"

一家人开车把他们送到灞桥，依依惜别。

第六章　另一个狮身人面像

H300汽车开走十分钟后，邓飞才启动自己的汽车。几天前，他偷偷在萧水寒的汽车尾部粘上了一个信号发生器，经卫星接收，可以在他车内的屏幕上随时显示萧水寒的行踪。这种追踪装置是很先进的，即使内行也难以发现。

与他的老式汽油车相比，萧水寒的氢动力汽车要优异得多，时速能飙到150公里以上，让邓飞追得焦头烂额。好在萧水寒体贴怀孕的妻子，大部分时间是用慢速开，每顿饭后还有一段休息。邓飞这才能勉强追上。

汽车沿着陇海高速公路一路东行。按邓飞的猜想，萧水寒可能是去北京，到中国科学院去继续对李元龙先生的探索。但过了洛阳，汽车便掉头向南，两个小时后到达豫西南的宝天曼国家森林公园。从信号上看，萧水寒的汽车没有在进山处停留，径直向林区中心开去。邓飞从没到过这里，他一手驾驶着汽车，一手在车内屏幕上调出宝天曼自然保护区的介绍。介绍上说，它处于我国第二级地貌分阶向第三级地貌分阶过渡的边缘，是伏牛山向东南延伸的最高山体，海拔1830米，既挡住了西北寒流的侵袭，又截留了亚热带温湿气流，属典型的北亚热带向暖温带过渡气候。生态环境独特，许多古代遗存的植物仍在这里繁衍生息，有桦栋、青杠、华山松、漆、桐、椴、桑等160余种林木；稀有树种有秦岭杉、香果、辛夷树、大果青杆等20余种；有豹、鹿、獐、羚羊、水獭、大鲵、红腹金鸡等100多种动物；有拔地而起的扫帚峭壁、牧虎顶、化石尖、中心垛等自然景观。汽车逐渐驶入宝天曼的中心地带，看到的景色确实十分秀丽清幽。河南地处中国的腹地，几千年来过度开发，且不说又是兵家必争之地，历史上战祸不断，所以，能留住这一块袖珍型的原始森林是很难得的。

从信号上看，萧水寒的汽车已停下了，在五六里之外，但眼前已是正规公路的尽头。邓飞下车仔细察看，发现路侧有一条杂草丛生的碎石便道，便道通向一条山溪，上面有车驶过的痕迹，萧水寒的汽车肯定是从这儿开上去的。但邓飞不敢再往前开了，前边人迹罕至，很容易被萧水寒发现。他不想与萧水寒弄个老将照面。

他向后倒了一段路，把车藏在树丛中。行李箱中有事先备好的行囊，里边有足够维持七天野外生存的物品，包括一个睡袋。他背上行囊，顺着山溪向前走。车内电子地图刚才显示出，这里离自然保护区的扫帚峭壁不远。萧水寒跑到这么荒僻的地方干什么呢？

他注意观察着萧水寒开车走过的痕迹，淡淡的车辙离开河滩，在一处无路的山坡上又向前开了200米，前边是一个依山而建的院落，那肯定是萧水寒的目的地了。

萧水寒把汽车停在院落前的一片空地上。周围林木葱郁，松树扎在石缝中，裸露着虬曲的树根。一道清泉穿院而过，几只喜鹊正在清泉旁饮水。萧水寒显然对这里的路径很熟，但邱风在造访过李元龙家乡后，已经学会不惊奇了——这都是丈夫在"前生"经历过的地方嘛。

门开了，一个中年人惊喜地打量着他们，是个知识分子，穿着随意，一身休闲服，秃脑袋，大胡子。中年人笑着说："哟，真是稀客，这儿很少来人的。难怪今早喜鹊一直喳喳叫呢。喜鹊叫，贵客到。二位请进，请进。"

院内有三间平房，青砖青瓦，花草修剪得很整齐。萧水寒说："我和妻子是慕宝天曼之名来游玩的，看见这座深山中的院落，就贸然闯进来了，希望主人不要怪罪啊。"中年人说："哪里哪里，盼都盼不来呢。我隐居在这儿搞研究已经十几年了，有时也觉得太寂寞，常盼着见到山外来的客人。"

中年人问了客人的名字，自我介绍说："我姓白，是一位数学家。其实我算不上数学家，倒是数学的敌人。我终生研究的就是数学的不确定性，是数学大厦上肉眼看不到的逻辑裂缝。我要躲在荒僻的山里向数学巨人发动进攻，让它生而复死再死而复生。"白先生笑着，突兀地问："萧先生，你们是不是刘世雄先生的后人？"

萧水寒笑道："不，我们不是。你怎么这样问？"

白先生说，刘世雄是这座房的原主人，是一位成就卓著的生物学家。他和自己一样，从二十几岁就遁世而居，在这儿发表了丰富的学术论文。但50岁时突然离开这里，从此音讯全无。这是90年前的事了。他走前预留了100年的修缮费，甚至预交了房屋遗产税，所以直到现在，这座房子在所有权上仍归刘先生所有。林区房管部门也十分重视这座房子的保护。

"知道吗？我没有花一分钱就得到了居住权，但前提是要保持这座房子的原状，精心维护。你们可以看到，我履行了自己的责任。"

"对，你做得很好，保持了房屋的原状。"

白先生把这句话看作是礼貌性的夸奖，而邱风却深深地看了丈夫一眼：他真的了解这座房屋的原状？他真的在这儿度过他的又一个"前生"？白先生笑着说："我总觉得，某一天刘先生的后人会来这里处理房产的。"

萧水寒笑了："我们不是刘先生的后人，你尽管安心住下去吧。90年了，不会再有人来讨要这所房子了。"

"贵伉俪今晚就在寒舍留宿吧，明天我带你们到附近游览。这儿山水清幽，不带一点儿浊世气息，很值得一看。"

"谢谢。"萧水寒笑着说，"我们正要开口求宿呢。"

白先生把两人安排到书房，把沙发拉开，拼出一张宽床。墙上挂着刘世雄的遗照，眉目刚肃，目光沉冷。邱风痴痴地端详着照片，他和丈夫有什么关系？丈夫怎么会把他看成自己的前生呢？屋内摆着简朴的藤编书柜，几百本书在柜中或立或卧。邱风随手翻了几本，都是生物学书籍。白先生解释说："这些是刘先生留下的书。虽然专业不同，但刘先生可以说是我的同道。他终生远离尘世喧嚣，潜心思索生命之大道。我很尊敬这位从未谋面的科学家，所以连书房也保持原状，作为对刘先生的追念。"

"谢谢，我替刘先生谢谢你。"萧水寒说。

白先生注意地看看他："你真的不是刘先生的后人？你当然不是，你已经说过啦，再说你们两位都不姓刘。但我怎么老有这种错觉。"他自嘲地挥挥手，把这个话题抛开。

邓飞在睡袋中睡得倒也香甜。睡觉的地点选在房屋高处的半山坡上，几棵华山松的树荫下。从这儿能越过院墙看到房内的灯光，也能用激光窃听器通过窗玻璃进行窃听。屋里的灯光不久就熄灭了，看来萧氏夫妇也累了，要养足精神明天爬山。不过，他们真是来这里爬山或观山景吗？萧水寒走访的地方显然是事先选定的，他更可能是为房子的住户而来。邓飞已经跟踪了这么多天，心中还是没有一点儿谱。

睡前他又跟龙波清打了电话，让他通过河南警方查一下这座房子的住户白先生的情况，特别是查查原住户刘世雄后来的下落。他发现萧水寒总是同失踪的科学家有关联，这不是好兆头。

天明时电话打来了，龙波清说："喂，老邓，这会儿住在什么地方？"

"深山老林里，还能住在什么地方！汽车也开不上来，我就睡在睡袋里。"

"注意身体，你毕竟已经66岁啦。你老伴昨晚还给我打电话，让我嘱咐你一定小心。你若有什么闪失，她要跟我算账的。喂，情况查清了。房主人叫白吉原，是一位数学家，不大食人间烟火，履历很清楚，没任何疑点。你说得对，我也觉得你更该注意原房主刘世雄，他的档案上说，他在2060年离开这里后确实失踪了，从此杳无音信。"

他的重音放在"失踪"两个字上。邓飞暗暗点头。李元龙、刘世雄、再加上后来的孙思远，已经是三个失踪的生物学家了！萧水寒对这三个失踪者的探访，恐怕很难用"巧合"来解释吧。龙波清知道老邓已经理解了他的意思，说："继续追查吧，看来这次能钓一条大鱼了！"

邓飞忽然说："停！"然后是几分钟的沉默。"我似乎听到了远远的汽车声。这边天已经放亮，是不是那两个跟踪者也进山了？"

"很可能，我接的报告说，他们一直在你们之后跟着，有二三十千米距离。那两个人的身份已查清了，一个是中国台湾人，叫蔡永文，有黑社会背景；另一个是G国人，叫马丹诺，背景不详，估计也是黑社会的。他们两个人都是14天前来到这的。所以……"他把后半句话咽到肚里，"好好查吧。对了，明天我派人送你一把手枪，连同持枪证。不过你要绝对避免和这两个家伙发生冲突，他们交给我负责。"

挂断电话，邓飞又注意倾听了一会儿，山林中没有听到什么响动，更没有汽车的响声，也许刚才是自己的错觉？

天渐渐亮了，那间院子里有了动静。邓飞把行囊收拾好。八点钟时，一行三人从院子里出来，无疑那是主人领着两个客人去逛山景，萧水寒还背着一个颇大的背囊。邓飞悄悄跟在后边，他跟得很谨慎，拉远距离，只是用望远镜时刻把三人罩在视野里。三个人没走多远，大概三四千米光景，前边是一堵拔地而起的悬崖。三个人在悬崖前停下，热烈地商量着什么。邓飞原以为他们在寻找绕过悬崖的途径，直到从望远镜里看到萧水寒脱下外衣，把一盘绳背到背上，才恍然悟到他要干什么——他要徒手攀岩！

刚才他看到的三个人的热烈讨论，肯定是邱风在竭力阻止丈夫。邓飞十分纳闷，在20年的监视中，他知道萧水寒体格健壮，爱好体育运动，但从未发现他搞过攀岩。而对于一个没有进行过攀岩训练的人，面前这堵悬崖实在是太险恶了，何况他已经50岁！他怎么会心血来潮，"老夫聊发少年狂"呢？邱风仍在劝止，但显然没有奏效。远远看到萧水寒拍拍妻子的肩膀，潇洒地向悬崖走去，开始向上攀登。这会儿别说邱风了，就连邓飞也为他捏一把汗。

不过，攀了几步之后，邓飞看出他显然不是生手。他不疾不徐，动作轻松舒展，对攀登的路径似乎心中有数，几乎不用停下观察。一会儿工夫，他已攀到30多米。这会儿头顶是一块突出的石头，没有可以着力的地方。听见邱风在喊，肯定是让他退下来。萧水寒向下边挥挥手，把膝盖卡在石棱上休息片刻，两手交替到臀部后的粉袋里抓一把镁粉，然后十只手指抓牢头顶的石棱，身子突然悬吊起来！邓飞心中扑扑通通地跳着，崖下的邱风干脆用双手掩住眼睛。萧水寒用两手在石棱上倒了两次，把身体慢慢拉起，然后身体一荡，脚尖在远处的一个凹坑里蹬牢了，再把身体慢慢移过去。

他终于翻到这块石头之上，以上的道路就比较容易了。20分钟后，他到了山顶，把登山绳固定好，拉着绳一纵一纵地坠下来。邱风扑上去，不顾第三者在场，紧紧地抱着他，捶着他的后背，这会儿她一定是涕泪交加了。萧水寒轻轻将着她的长发，大概在安慰她。

邓飞对萧水寒真是佩服得五体投地。自己即使在体力最棒的时候，也不敢奢想徒手攀上这个悬崖，而萧水寒已经是50岁的人啦！同时他也迷惑不解，萧水寒千里迢迢跑到这儿，就是为了一次攀岩活动？

那边萧水寒已经穿上衣服，三人漫步返回。邓飞藏到路边的林里，听着三人有说有笑地走过去。他们回到那座院子里，没有多停，没有吃午饭，不久就出来了。主人陪着他们上了车，挥手告别，然后H300在河滩路上晃晃悠悠地开走了。

邓飞没有随他们离开。半个小时后，他敲开白先生的院门。龙局长说这位白先生可能不是萧水寒此行的目标，但邓飞要亲眼看一下才放心。白先生开了门，好奇地看着他。不等主人发问，邓飞忙问道：

"请问萧水寒夫妇来你这儿了吗？我们在进山时失散了，我发现他的汽车车辙通向这边。"

"噢，他们刚刚走，也就是半个小时吧。你没碰上他们？"白先生疑惑地问，"这儿到山外边只有一条路的。"

邓飞懊恼地说："没有碰上。刚才我走错了一段路，一定是那一会儿正好错过了。"他笑着说："他们这么快就走了，老萧攀岩了吗？他告我说要来这里攀岩的。"

白先生笑道："攀了，他来这儿也就是攀了岩，而后就匆匆离开，甚至没有顾得上看看山景。我真佩服这位萧先生，听说他已经50岁了，50岁还能攀岩的人不多吧。"

邓飞苦笑着说："说实话，我真不理解他为什么一定要到这儿来攀岩。小风，就是他妻子，一直在劝他，但一直没能劝动。这儿的攀岩活动很有名吗？"

"不，这儿从来没有人搞这项活动。"他想了想，更正道，"听林区管理员说，这座房子的原主人刘先生在世时喜爱攀岩，但那已经是90年前的事了，乡人都差不多淡忘了。"

邓飞"噢"了一声。也许，萧水寒这次攀岩是对已故刘先生的纪念？他与白先生又攀谈一会儿，对白先生印象很好，这是一个心地坦诚、热情随和的男人，从他的言谈举止看，他只是萧水寒此行的局外人。白先生诚恳地留他吃午饭，他婉辞了，说要赶紧出山追那两位，再远就追不上啦。白先生把他送出院门，临出门时，邓飞无意中向院内扫了一眼，正是这一眼让他有了此行最大的发现。院子东边是依山而建的，充作院墙的石壁被藤蔓严严地盖住。但这会儿藤蔓被拉开了，藤叶的向阳面都是深绿色，但这会儿露出很多暗红的叶背，显得比较凌乱。直到这时他还没有意识到那里会有什么情况，只是出于老公安的本能，不在意地指指那儿："那儿是什么？"

白先生笑了："噢，忘了忘了，应该让你参观一下的，萧氏伉俪看了很久呢。"

白先生领他走过去，拂开藤蔓："喏，就是它。"

邓飞忽然眼睛发亮！在山崖的整块巨石上雕着一尊狮身人面像，刀法粗犷，造型飘逸灵动。雕像表面覆满青苔，看来已有相当长的年头了。邓飞一眼看出，它的造型与天元公司门前的象牙雕像非常相似，不，可以说是完全相同，甚至大小都相近。唯一不同的只是这个雕像没有那么精致。

邓飞问："真漂亮！是您的作品？"

"啊不，"白先生笑道，"我可没有这种艺术细胞，听说是这间房子的原主人留下的。其实我正奇怪呢，刚才来的那位萧先生竟然知道它。攀岩之后他直接对我说，他想看看这座斯芬克斯雕像。"

他好奇地问："他怎么知道的？他说他不是刘世雄先生的后人，可他对这儿非常熟悉。"

邓飞的脑子迅速转动着。这尊雕像就像调查之途中的一个界碑，从此之后，调查的性质就完全不同了。在此之前，他们对萧水寒只是怀疑，只是推理，但这尊雕像出现后已经完全可以断定，萧水寒与这三位失踪的生物学家确实有某种联系。前后相差至少90年的两尊雕像如此相似，它们之间一定有某条线在连着。但究竟是什么联系？他心中仍然全无端倪。正如龙局长的那句话，90年前，120年前，萧水寒还在他曾祖的大腿上转筋呢。

白先生紧紧地盯着他，再次问道："萧先生怎么知道这尊雕像？说实话，他的这次闪电式来访在我心中留了很大一个谜团。"

邓飞这才从沉思中清醒过来："噢，我不知道，他没告诉过这尊雕像的事。"

白先生不甚满意，他想邓飞一定是不愿说罢了，但礼貌地保持沉默。邓飞心中觉得歉然。这位白先生是一个充满好奇心的大孩子，他一定认为

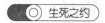

"萧水寒的朋友"是在说谎吧。不过他没法子做解释。他向白先生道谢，然后匆匆追赶萧水寒的汽车。一路上，他一直皱着眉头苦苦思索。

三位壮年失踪的科学家，两个相似的斯芬克斯雕像，还有两个与他同道追踪的可疑人。这些细节已经构成了一个足够坚实的逻辑框架。在27年的监控中，邓飞第一次对萧水寒真正滋生了敌意，他已肯定，萧水寒的神圣外衣下必定藏着什么东西。

第七章　时间之链

这时，萧氏夫妇已来到南阳西部一座工厂门前。这会儿正是下午的上班时间，萧水寒把车停在人潮之外，耐心地等着。人潮散尽，他把车开到门口意欲登记，门卫懒洋洋地挥挥手放他们进去。萧水寒开车缓缓地在厂内游览。这个厂占地广阔，厂房高大，气势宏伟，但是死亡气息已经很明显了。厂房墙壁上积满了锈红色的灰尘，缺乏玻璃的窗户像一个个黑洞，不少厂房空闲着，路边长满一人深的杂草。他们来到工厂后部的专用铁路线，站台上空空荡荡，铁轨轨面上生了红锈，高大的龙门吊缺乏保养，犹如一个骨节僵化的巨人。

萧水寒告诉妻子，这已是国内硕果仅存的石油机械厂了。自1848年俄国工程师谢苗诺夫在里海钻探了世界第一口油井，石油工业已经走过300年的里程。目前国内油藏已基本枯竭，连中东的油藏也所剩无几。电动和氢动力汽车正全面取代燃油汽车。

"不久你就会看到一则消息，中国最后一台油田用车装钻机在这儿组装出厂，此后，这项曾叱咤风云的工业将宣告死亡，就像蒸汽机车制造业的死亡一样。"他微带怆然地补充，"衰老工业的死亡并没有什么可怕，它只是为更强大的新兴工业让开地盘。当然，观察着它的死亡过程，仍然令人悲凉。"

他们走过装配车间、铆焊车间、新产品车间等，里面的工人忙忙碌碌。这里即将转产，工人们在拆卸已经报废的旧设备。他们看见一位风度翩翩的绅士和一位大腹便便的太太走进来，都用微笑和目光表示问候，不过没停下手里的活。萧水寒留恋地看着周围，在他作为工程师库平而生活的那个"前世"里，曾在这儿度过普通人的一生。他曾在电脑前绘图，再把图上的钻机转化为实体；他曾在这里加夜班，挥汗如雨，吃着工会人员送来的冰棒，听工人讲粗俗的笑话；也曾为一个成功的设计而兴奋，为一个错误而愧疚。但那个时代早就过去了，他熟识的人都已经去世，在他面前的都是些陌生人。现在，他领着妻子和未出世的孩子重走一遍这些路程，让妻儿把他的所有前生都保留在心里。因为，那个血淋淋的毒誓该兑现了。

邱风默默听着丈夫讲这座工厂的历史，打量着丈夫苍凉感伤的目光。在这一个多月的旅途中，丈夫的"前生"已经在她心里立体化了。有不少细节在告诉她，这些前世是真实的，不是虚幻的臆想。丈夫在槐垣村对陕北风味的饭菜的喜爱；对李小胜的爷爷式的训诫；在宝天曼攀岩时的身手；他知道一座藏在藤蔓里的雕像，还有他此时的怆然……也许一个人真的能有"前世"？旧时代有这样的传说，人在投胎转世时如果没有喝孟婆的迷魂汤，就能清楚地记得他的前生。而丈夫投了几次胎？他竟然能记得前生的前生的前生的前生……邱风叹口气，不想再绞脑汁了。虽然她知识不多，她也知道这只是迷信，不可能有前生前世的。至于丈夫……她相信丈夫很快会给她一个明确的解释。

H300汽车在厂内缓缓地转了两圈，向大门驶去，停在工厂行政大楼楼下。人事部的宇文小姐正在对镜涂抹口红，就看见一对青年男女走进来。他们显然是夫妻，男的有三十五六岁，衣冠楚楚，举止潇洒稳健。女的更年轻一些，只有二十五六岁吧，虽然有五六个月身孕，仍然显得娇小美貌。

宇文小姐热情地问："欢迎光临，我能为二位做些什么？"

萧水寒彬彬有礼地说："我是受人之托而来。贵厂曾有一位员工，叫库平，是一名工程师。他是60年前离开贵厂的。"

宇文小姐迟疑地问："你们问他……"

"贵厂去年曾发过公告，因为工厂要发生产权转移，要求所有股东来办理相应手续。你们还特地登了启事，寻找库平或其继承人，因为他持有少量的职工股股份。"

宇文小姐笑了："对，启事就是我办的。你是不是库平先生的继承人？你们带证件了吗？"

"不，我不是他的继承人，但我受库平之托来转交一封信，以表示感谢。他宣布放弃他的股权。"

他从内衣口袋里掏出一份折叠的信交给宇文小姐。宇文惊讶地问："库平先生还在世吗？那么他已经有110岁了！"

"不，库平已经去世了，但这是他的亲笔信件，具有法律效力。"

邱风奇怪地看着丈夫，她从没听说过丈夫的熟人中有一位110岁的库平！而且，对于一个去世的人，怎么能得到他的亲笔信呢？这句话简直是不合逻辑。那边宇文小姐展开信笺，上面只有寥寥的几句话：

感谢你们对一个老人的关照。我会永远记着在那儿生活的一生。我宣布放弃我的所有股权，你们可以随意把它用于任何公益事业。

库平

信上没有注明日期。宇文小姐为难地踌躇着，怎么证明这封信件是库平的亲笔？一个没有日期的遗嘱有没有法律效力？

萧水寒知道她的疑虑，笑着说："确实是库平先生的亲笔信，不会错的。你们这里肯定有他的笔迹。他在图纸的设计和审查栏中只怕留有几万个签名吧，你们不妨把信件上的签名与之比对一下。其实那点股权不值一提，他让我来，只为了当面表示谢意，谢谢你们没有忘记60年前失踪的一个老人。"

宇文小姐把信笺郑重地夹在档案夹中，说道："好吧，我会把它转给我们的律师。感谢二位远道而来，我这就向经理汇报，他肯定会来见你们的，并请二位吃晚饭。"

"不，谢谢，我们还要赶路，不能多停了。再见。"

他挽着妻子，与秘书小姐在门口道别。

宇文小姐送走客人的十分钟后，办公室的门又被推开。来人是一个六七十岁的老人，微笑着出示了警察证件。

"请问宇文小姐，是否有一男一女来过？"

女秘书吃惊地打量着来人。她对刚才的年轻夫妇很有好感，因而对新来者多少有一点敌意。她答道："是呀，莫非你认为他们是骗……"

邓飞爽朗地笑道："不不，你不要乱猜，我只是和他们恰好对同一个人感兴趣。"

"库平？一个60年前失踪或死亡的人？"

"对，请把他的资料让我看看。可以吗？"

他看过电脑中储存的资料：库平，男，2040年生，青年时间在国外度过。2062年进入工厂，一直负责新产品的设计，是一位优秀的工程师，曾多次获奖励，终生未婚，2090年突然失踪。

宇文小姐问道："档案中还有一些简短的语音资料，你想不想听？"

"当然，谢谢宇文小姐。"

语音资料只有寥寥几句，是在一次授奖会上的发言："我很高兴能得到总公司的科技进步一等奖，这是全室人员共同努力的结果……"可能是存放的时间太长，语音有些失真，但邓飞总觉得他的语音有某种熟悉感。他沉思着。电脑里的档案太简略，而且都是死的、平面的材料，而他想得到的是活生生的东西。

他问："与库平共事过的工厂老人是否还有健在的？"

宇文小姐略为考虑，肯定地说："有，有一名退休工程师叫袁世明，今年89岁。他肯定见过库平，而且很巧，他正好在研究所工作过。"

"谢谢，你真是一个称职的秘书。"邓飞衷心地夸奖着，又打听了袁工的地址，向她致谢后走了。

家属大院就在工厂的对门，院内林立着几十幢宿舍楼。他一路打听着，找到袁工的家，见到一位风烛残年的老人。他坐在轮椅上，发须如银，一双长长的寿眉向下垂着，半遮着眼睛。他妻子大概已经去世了，有一位小保姆照看他。他对来访的客人淡淡打了招呼，仍半眯着眼，沉浸在老年人的半睡半醒中。但邓飞提到库平的名字后，他的眼立即睁大了。

"库平？他有下落了？"他急迫地问。

"没有。"邓飞小心地问："已经是60年前的事了，你还记得他？"

"我当然记得，他是个奇怪的人，身上总是罩着一层迷雾，所以我对他印象很深。他失踪60年了，但我总觉得他没有死，某一天他会以一种很特别的方式重新出现。"

"噢，这可是个奇怪的看法。你怎么会有这个看法？"

袁工慢慢地回忆着。他的思维还清晰，记忆力也很不错。他说，他与库平共事的时间其实不长，但相处得很融洽。那时自己是实习技术员，库平是一位老工程师，业务素质不错，但也算不上天才，总的说是一个籍籍无名的普通人。不过，他身上常有一些神秘之处，同事闲聊中，常见他在哲学领域或生物学领域有智慧的天光偶一闪现。在他将近50岁时，也就是失踪前不久，他曾郑重其事地参加了一次中学生数学奥林匹克竞赛，很多人觉得他是在发神经。竞赛题目很难，而且偏重非常规思维。但他的成绩非常好，以较大的优势获得第一名。他很高兴，对我说，这证明他的"本底智力"仍保持着巅峰状态。我觉得，他是在以此为自己的平庸一生辩解，所谓"天亡我，非战之罪也"。不久，他就悄悄地失踪了。"但我对他的印象很深，很特别，我总觉得他是另一个世界的人，是天上的谪仙人吧，偶然落到这个普通的工厂了。他的风度一直是超然于这个环境的。你为什么来问他？我想不是无缘无故的吧。"

邓飞小心地解释："有人带来了他的亲笔签名信件，声明放弃工厂的职工股股权。从迹象上看，可能他还活着？但来人又说他已经去世，这是完全不合逻辑的。"

袁工"噢"了一声。"他比我还大21岁呢。如果他在世，我真想见见他。"他再度陷入沉思，很久才回过神来，意识到房中有客人，"邓先生，你想了解的情况我讲清楚了吗？"

邓飞苦笑着摇头："你讲得很清楚，我很佩服你的记忆力。但我恐怕是越听越糊涂了。"

又是一个盛年失踪者，虽然这一次不是科学家。萧水寒为什么对失踪者情有独钟？是良心上的内疚？当然，他绝不可能参与100多年来的一系列谋杀或绑架。或者，是他的祖辈干了这些勾当，而他是为罪孽深重的祖辈来忏悔？这种推测同样不可能，有哪一个黑社会组织会把有计划的谋杀维持120年呢。或者，是李元龙先生留下什么至宝，依次传给刘世雄、库平、孙思远等人，萧水寒探知了这个秘密，在苦苦追寻这件至宝？但看他蜻蜓点水式的旅游安排，又不像是在追查这个宝藏。而且，这些推测中都没有涉及重要的一点：这几个人中至少有三个是从G国回来。邓飞觉得脑袋都要胀破了。

"不管怎样，衷心感谢你介绍了这么多情况。袁老再见。"

袁工让小保姆把轮椅推到门口，同邓飞告别："邓先生，等你的调查有了结果，如果不涉及什么机密的话，请告我一声。我对库平的下落很关心。"

"好的，我一定记住。谢谢。"

当晚，萧水寒在豫皖交界的一个偏僻小镇停车，邓飞不久就尾随而来。下午出高速公路收费站时，站内值班人核对了他的车号和姓名，交给他一个密封的小包。开出收费站后他打开包，里面是一把麻醉枪，而不是龙波清原先说给的手枪。老龙很谨慎，他努力不让退休的邓飞扯进什么人命官司中。

他通过信号器找到萧水寒的停车地点，在邻近的旅馆里登记了住房。这是一间单人客房，冷冷的月色把爬墙虎的藤叶投射到屋内。邓飞洗完热水澡，用毛巾被裹住身子，斜倚在床背上，瞑目假寐。按照老公安的习惯，他要把这几天的见闻再梳理一遍。笔记本和钢笔就放在手边，这也是他的习惯——常常在似睡非睡之际思维最活跃，一旦迸出一个火花，他就顺手记在纸上，免得清醒后遗忘。

当然，半睡半醒中的速记也会弄出一些诸如"香蕉大，香蕉皮更大"之类的妙语，令你清醒后哭笑不得。

这两天，他窃听到不少萧氏夫妇的谈话。他当然不相信什么"前世前生"的鬼话，那只能骗骗邱风这样天真的女人。可以肯定的是，从萧水寒的行程看，他此行绝不是无目的的闲逛。邓飞的直觉告诉他，本案的素材已经差不多了，有一个秘密快要露出水面了，但究竟是什么，他这会儿还不知道。

已知的孙思远、李元龙、刘世雄、库平，以及今后还要探访的某某人，和萧水寒之间必定有某种隐藏的关系，有一条延续近170年的时间线。

这是毫无疑问的。首先刘世雄家与天元大楼下如此相像的雕像，就绝不会是巧合。它很可能是某种象征。还有一点是否也算得上异常？除了李元龙先生外，其他三个失踪者都是终生未婚，连萧水寒也曾独身二十多年。一次是偶然，两次算巧合，但四五个人的经历竟然如此相像，就值得怀疑了。更令人生疑的是，除了李元龙，其他四人的青年时期都在国外度过，而且，至少其中三人是从G国回国。

但究竟能有什么关系？邓飞苦恼地敲着额头。要知道，这五个人回国后天各一方，各自的生活轨迹几乎没有重叠。在空间上没有重叠，在时间上有少量重叠，但散布在长达170年的时间轴线上，他们之间基本上是风马牛不相及。170年啊，几乎是两个世纪，什么秘密能有这么长久的生命力呢。

重叠！他突然灵光一闪，在本子上写了这两个字。

他睁大眼睛，抓住这个突破点，继续思索。这5个人中，每两两之间，在生存时段上都有20多年的重叠，但如果除去他们各自的"影子"生活，即有记载而无实据的国外生活，好像几个人的生存时段根本没有重叠。他在心里默默计算后肯定，这个结论是对的。

也许，正是他们互不重叠的"时间"才恰恰是他们的联系！睡意一下子全跑了。他坐起身，在本子上画了几道横线：

李元龙　1980年—2030年

刘世雄　2033年—2060年

库　平　2062年—2090年

孙思远　2092年—2120年

萧水寒　2122年至今

除了"影子"生活外，各人的实际生活时段确实没有重叠，而且每前后两人的时间段都有2—3年的间隔。

他把钢笔重重地摔在本上，他已经全明白了。

他已经有了明确的答案，虽然这答案似乎比"前生前世"更荒谬。可是，把所有素材综合在一起，再考虑到李元龙著作中透出的某些观点，他倾向于相信这个更离奇的事情。

这条时间之链已经没有缺口了，因此，他可以毫不犹豫地指出萧水寒的下一站：琅琊台生命研究所，孙思远。山东大学那位刘先生的感觉确实非常准确啊，萧水寒与孙思远的失踪确实有最密切的关系——虽然并不是刘先生设想的那种关系。

他看看手表，时间是深夜三点半。略为犹豫后，他还是拨通了龙波清家里的电话。那边立即抓起电话，而且电话中的声音很清醒，没有丝毫睡意，这是公安局局长的基本功。龙波清高兴地问：

"老邓？有什么突然变化吗？你半夜三更吵醒我，我猜是大大的进展，对不对？"

"老龙，我想那件事已经真相大白了，我刚刚把那条线理出来。"他疲乏地说。

龙波清很高兴，笑哈哈地说："还是老姜辣啊。老邓，宝刀不老啊。"他问："简单说吧，他是不是罪犯？是哪个领域的罪犯？"

"容我暂时保密吧，我想彻底验证后再说。我的结论太荒谬，太不可思议。如果现在就告诉你，你会怀疑我的神经是否正常。"

"哼，卖关子啊。行，我不逼你。说说你的下一步打算？"

"我不想当他俩的尾巴了，要赶到琅琊台去守株待客。如果能在那儿等着他，我的成功就有了九成把握，否则我就要丢人了。"邓飞苦笑着说。

琅琊台今年的初冬很冷，刚下过一场薄雪，树上戴着雪冠。萧水寒把车速放慢，时不时从后视镜上看看在后座上瞑目假寐的妻子。妻子的身孕已经有七个月，不能再受颠簸了。不过，这也是他计划中的最后一站。

透过反光镜向后看，已经看不到他熟悉的那两辆汽车，但肯定还在后边跟着。其中一位跟梢者是退休的公安局局长邓飞，自从20多年前他对自己建立监控后，萧水寒就慢慢觉察到了。当然他没有什么可慌的。在这20年里，他不动声色，平静地反察着别人对他的观察，甚至在某种程度上，他和这位忠于职守的老邓成了神交之友。他很想弄明白这位邓局长为什么会对他产生怀疑，但一直不得其解。他绝对想不到是友人刘诗云挑起的由头。

另一拨跟梢者的身份不明，似乎是来自国外的黑道人物。他们当然是为了那个人人欲得的至宝。不过他对这拨跟踪者同样不太在意。一个看透世事沧桑的老人在迎接死亡时会目光清明地回顾一生，那时他会发现，在死亡面前所有人都是平等的。人世间的种种心机权谋、倾轧钻营、钩心斗角……都是那么可笑，那么不值一提。他早已修炼到了这个境界。他唯一感兴趣的是，在他的严密防护下，两拨人如何都嗅到猎物的气息，知道了那份至宝的存在。不过这事也不必太奇怪，那件至宝来到人世上已经135

年，这么长的时间，总有一些信息会透露出去的，即使再严密的防备也不行。

不过他们莫要妄想得到它。只有福缘深厚的人才配持有这件天下至宝，而且肯定是多少年后的事情了。

这次，他特意领妻子和未出世的后代走一遍他四个"前生"的生活之路。他从没打算逃避自己的责任，所以，在决定要后代的同时，他就准备去履行那个血淋淋的毒誓。他想起，父亲去世时他十岁，那时一个未脱懵懂的孩子突然悟到死亡是这么可怕：身体化为尘土，化为空气，再也见不到亲人，再也不能复活。尤其是，那时他所受的教育已经毁灭了最后一线希望：没有可以永生的灵魂。人一死，什么也没有了。人只是世间一个匆匆的过客，即使百岁老人，也只能见到36550次日升日落。那时他真希望得到西王母的不死药，把父亲从另一个世界救出来……

他从后视镜上看看后排的妻子。邱风斜倚在沙发上，仍然在做着她近来最喜欢做的事——同胎儿对话。她用手指轻轻抚摸着肚皮，猜测哪儿是胎儿的四肢或脑袋。她很投入，有时还咯咯地笑着。萧水寒在心中叹息一声。风儿风儿，你理解丈夫的苦心吗？可能理解不到的，毕竟她太年轻。那桩秘密十分惊人，如果突然告诉邱风，她会难以承受的。所以，这趟旅行中，他把答案分拆成一条条事实，逐步摆在她面前。但到目前为止，她似乎还没有起码的领悟。也许她的心思完全被未出世的孩子占据了。萧水寒叹口气，轻轻摇头。没办法，她本来就是一个永远长不大的水晶姑娘。

他把汽车开到琅琊台生命研究所的大门口，打开右车门，小心地扶邱风下车。七个月身孕的邱风已经是步履迟缓了。

　　研究所是一片散落的楼房群，低矮的花篱充做围墙。因为原所长孙思远不愿让高墙来束缚人的交流和驰骋的思维。萧水寒问传达室的姑娘，是否允许他们步行在全所游览一遍，他想探访一个前辈学者的生活踪迹。那位大眼睛姑娘笑了，热情地说：

　　"你是指我们的前任所长孙思远教授吧，他离开我们已经30年了，但大家都很怀念他。请进来吧。"

　　他们进门后走了不远，迎面过来一位挟着皮包的老人，步履稳健，鬓发苍苍。姑娘在后边大声喊："先生，夫人，请等一下。还有你，老部长，也等一下！"她追上来为萧水寒介绍："这位是研究所保安部的老部长邓先生，让他领你参观吧，他同孙先生很熟的。邓部长，这位先生和太太想在研究所浏览一下，缅怀已故的孙所长。"

　　萧水寒正想辞谢，邓飞已经热情地同二人握手——当然这出戏是他导演的。他一本正经地说：

　　"乐意为二位效劳。孙先生是我最尊敬的前辈，更是我的忘年好友。你们想了解什么？"

　　萧水寒微笑地看着这位从武汉追踪而来的邓飞局长。不，孙思远从不认识你，你也从没有在这儿当过保安部长。但他没有揭穿，淡然笑道："你和孙教授很熟吗？"

　　"那当然。他生前我们可以说是无话不谈，虽然他比我大上十几岁。我是搞保安的，是科学的门外汉，但在孙先生的熏陶下，已经修炼成半个生物学家了。我对孙先生在理论上的建树可以如数家珍。"

　　萧水寒微笑着听他吹牛："能给我们介绍一下吗？"

"当然当然。来，请这边走。雪天路滑，太太小心一点。你看，那个窗口是孙先生生前的办公室，夜里常常最后一个熄灯。这条湖边小路是孙先生早上散步时常走的，谁知道他有多少灵感在这儿迸发的！我告诉你，孙先生曾师从山东大学的刘诗云教授，不过专家们评论，他更像是一位伟大生物学家的隔世传人。我是指生物学界的爱因斯坦——李元龙先生。来，这边走。"

他侧过身子，朝萧水寒扫过锐利的一瞥。萧水寒注意到他的目光，扬扬眉毛，没有说话。邱风完全没有意识到两人暗地的交锋。她冻得满脸通红，小心地捂住肚子，一边赞叹着："这儿真美！这儿能闻到海洋的气息呢，水寒你说是不是？"

邓飞仍娓娓而述："孙先生对李前辈的理论作了全面深入的延伸研究，比如李先生提出的生命场理论或活体约束。您了解这些概念吗？请问你的职业？"

萧水寒正小心地扶妻子走下一阶台阶，他在回答前先朝妻子使了个眼色："不，我不了解。我是搞实业的，一个在科学殿堂门外大声叫卖的铜臭熏天的商人。"

邓飞煞有介事地说："那我就继续吹牛，我怕万一碰到行家，就是班门弄斧了。活体约束是说，每个生物体在其一生中，由于新陈代谢的缘故，其生物体的砖石（各种原子）会更换几十轮——今日之我非昨日之我。但频繁更换的砖石仍精确保持着原有的缔合模式，因而这个生物体仍能严格地保持原来的特定属性。这种唯有活体约束中才能存在的精确稳固的量子信息传递，对量子力学的不确定性原理提出了挑战。"

　　这正是萧水寒28年前那篇文章中的观点。他有意紧盯着萧水寒，但对方神色不变。

　　"活体约束中还隐藏着一条密令。你知道，对于单细胞生物来说，它的分裂生殖可以无限进行，因此，对于细胞而言，它实际是永生不死的，从5亿年前一直延续到现在。但当一个细胞（它本身也是一种活体约束）从属于更高级的活体约束时，它的分裂就要受到限制。比如人体中的细胞被人体约束，只能分裂50代左右，然后衰老死亡。这便是人会衰老的本质原因，它造成了人的衰亡和生死交替。这种生物钟极其精确可靠，在人体内只有生殖细胞和癌细胞不受其约束。生殖细胞会自动把生物钟拨回零点；癌细胞可以无限增殖。所以，这两种细胞实际上是恢复了单细胞生物'无限分裂'的本性，或者说，它们以更古老的密令代替了其他的密令。"

　　萧水寒喃喃道："上帝的意旨。"

　　"对，这是上帝的意旨。但孙先生常援引李元龙先生的一句话：科学家在对上帝顶礼膜拜的同时，努力探讨上帝意旨得以贯彻的'技术措施'。上帝的技术措施！这个词说得多好，因为上帝在生物世界中的所有魔法，都要通过某种生物学的机理而实现。喂，爬上前面那块高地，就能看到大海了，这是孙先生生前最爱来的地方。你们上去吗？太太怎么样，可以吗？"

　　萧水寒轻声问妻子，邱风说："我也要上去看看，没事的，我能上去。"

　　现在，他们面前是无垠的大海，白色的水鸟在天上飞翔，海风带着潮湿的腥味儿。水天连接处是一艘白色的游船，隐隐能听到乐声。太远，听不清音乐的旋律，它只是像水漂一样，断断续续地从水面上浮过来。这个情景使邱风觉得似曾相识，她想起是在青岛见过。那时她发现丈夫很喜欢这种景色，又会由此生出怅然的思绪。她偷偷看看丈夫，发现这种怅然又浮现在他的眸子深处了。

邓飞赞道："多美。你看这块石头，我们常称它为孙先生的抱膝石，他在这儿常常一坐几个小时，思考宇宙和生命之大道。他的思想已经达到天人合一的境界。你们喜欢这个地方吗？"

我喜欢，萧水寒想。一个老人总是怀旧的，尤其是在他决心割断人生羁绊时。这正是我此行的目的。我想探访旧日的踪迹，想让妻子和未出世的后代抚摸这些踪迹，永远记住它们。

他们让邱风在抱膝石上休息，两人心照不宣地离开邱风，再攀上一道高坎。邓飞瞥一眼被留在高坎下的邱风，深吸一口气，慨然道：

"看见了吗？那边的建筑是望越楼，是越王勾践迁都这儿后修建的。这边是徐福启航处，他从这儿入海东渡，为秦始皇寻找长生不老的仙丹。当然他没有成功。后来还有不少皇帝去重复秦始皇的愚蠢，像唐玄宗、唐武宗、宋徽宗、宋真宗，他们或炼丹，或访道，甚至因服用仙丹而丧命。但这些失败并不能阻止后人追寻长生的努力，因为，长生不老这个诱惑对所有人都太强烈了。直到多少次失败后，人类才被迫认识到，生死交替是无可逃避的——这是一个科学的观点，但也被演化成新的迷信。按照否定之否定的规律，现在我们该把这种迷信打破了。你说对吗？"

他们心照不宣地互相对视，知道两人之间已经没有秘密了。忽然石坎下传来一声压抑的低呼，打断了他们的谈话。

如果说邱风昧于抽象思维的话，那么她大脑额叶的"面孔认知功能"要比男人强大。从邓飞这个人一出现，她就发现这个老人似曾相识。在邓飞滔滔地讲着生命学的知识时，她一直在努力思索着。她终于想起来，在旅行途中，此人曾驾着一辆红色奥迪多次出现在他们附近，有时夹在熙熙攘攘的人群中，似不经意地一瞥。所以，这个人的再次出现恐怕不是偶然。

对这位邓先生有了警觉后，她发现他的话似乎是含沙射影。奇怪的是，丈夫似乎已经洞悉他的身份，两个人的对话似乎一直在打哑谜。她在抱膝石上坐着，瞥见丈夫和邓先生互相使一个眼色，离开她到石坎上去，他们分明是想密谈什么。

没错，他们正在密谈什么，从他们的形体语言上就能看出来。对丈夫的关心使她坐不住了，她悄悄站起身，艰难地向石坎上攀登。蒙着薄雪的石坎很滑，她忽然脚下一滑，跌倒在地上，失口喊了一声。两个人闻声急忙赶来，邱风半蹲在地上捂着肚子，表情十分痛楚。萧水寒忙扶起她，急急地问："怎么啦？是不是摔着了？都怪我，不该留你一个人在这儿。"

邓飞也关心地说："送太太到医院检查一下吧，离这儿很近的。"

邱风笑着摇头："没关系的，只是滑了一下。没关系的。"她扶着丈夫站起来："真的，你看我好好的。水寒，咱们离开这儿吧，我想休息一会儿。"她祈求地望着丈夫，想避开自己心中模模糊糊的不安。萧水寒答应了。

邓飞当然不能放萧水寒就这么离去，热情地说："已经快中午了，今天我做东，请二位吃蒙古烤肉。这是孙先生生前最爱吃的，请二位务必赏光。"

邱风偷偷示意丈夫拒绝，但萧水寒似乎毫无城府地接受了邀请。他们坐进萧水寒的汽车，开出研究所。成吉思汗烤肉苑离这儿不太远，在一座山坡下，隔着窗玻璃能看到室内熊熊的烈火，衬着外边的皑皑白雪，别有一番风味。屋内，一块桌面大的铁板被烧成暗红，一个蒙古大汉光着膀子在铁板上翻炒着，吱吱啦啦的响声与逗人馋涎的香味弥漫于室内。

这儿是自助餐厅。邱风坐在桌边，看着两人在几十个食品盘中挑选菜肴，再排队去炒熟，一边悠闲地交谈着。但这种表面的悠闲驱不走邱风内心的不安，她已经嗅到两人之中有什么隐秘。不过邱风天生是个乐天派，等到香气扑鼻的菜肴端来，她就把烦恼抛到一边了。

"啊呀，真香，单是看着这些菜就能生出美感！"她大声地赞叹着。

邓飞高兴地说："我没说错吧，这是孙先生最爱来的地方。等一下还有好节目啊。"

他朝领班打了一下响指，领班点点头。接着，一个70多岁的老人摸索着走到餐厅中央。他双目失明，穿一件镶边的蒙古长袍，刻满风霜的脸庞犹如风干的核桃；面部较宽平，鼻梁稍塌，明显带着蒙古人的特征。他在圆凳上坐下，操起马头琴，先低首沉思几分钟，似是回味人生的沧桑。邱风偷偷看看丈夫和邓飞，她发觉两人的眼中都闪着奇异的光。

邓飞低声介绍道，孙先生极爱听这位蒙古歌手的歌，那时这位歌手才30多岁。孙先生一直是独身，几乎每星期总要光顾这儿。这个餐馆的兴旺多半靠他的推介和慷慨赠予。不过他没告诉萧水寒，这位老人已经有近十年不唱歌了，是他打听到这些情况，特意把老人请来的。他只比萧水寒早到一天，一天内马不停蹄地干了这许多事，够忙乎的。

静场片刻之后，老人便伴着琴声唱起一首苍凉的歌。他先用蒙语唱一遍，再用汉语唱一遍。他的汉语不太地道，不容易听懂，邓飞低声为邱风讲解着，说这是一首有名的蒙古民歌，由于受到孙先生的喜爱和推介，它成了这座餐馆的保留节目。歌的大意是：

一个老人问南来的大雁：

你为什么不愿留在温暖的南方，

每年春天，都要急急飞回这里？

大雁说：

春天来了，草原弥漫着醉人的花香，

冥冥中的召唤不可抗拒。

大雁问老人：

你曾是那样英俊的少年，

为什么变得这样老迈？

老人长叹道：

不是我愿意老，

是无情的时光催我老去呀。

老人的声音高亢苍劲，伴着苍凉的马头琴声，征服了所有的听众。听众的感动并不单为他的演唱技巧，更为这首歌内在的苍凉。它像雪山上冰凉彻骨的融水，悄悄渗入人的内心。歌声和琴声都在高音区戛然收住，听众们沉浸在秋风肃杀的氛围中，忘记了鼓掌。邱风听得泪流满面，看看丈夫，他的眼中也闪着水光，而那位邓先生此刻正紧紧盯着丈夫，目光中有很多难以言说的东西。萧水寒没有在意邓飞的盯视，掏出支票簿，写上一个数目颇大的数字，撕下来，走过去交给老人。

"谢谢你的歌声，老人家。"

蒙古老人握到熟悉的手掌，听到熟悉的话语，全身一震。他昨天已听邓飞说过一些情况，但那时还不敢相信。他侧过耳，急迫地说：

"真的是你吗，孙先生？你还活着？"

萧水寒点点头："对，我是孙思远，我的好兄弟。咱们已经30年没见面了，真没想到还能听到你的这首歌。"

老人的泪水溢出来，高兴得语无伦次了："孙先生，你没死，我太高兴了。这辈子还能再见到你，我太高兴了。"

邓飞悄悄地跟在他身后，听着两人的对话，心情复杂地看着萧水寒朝气蓬勃的身体。当他说出自己深思熟虑的结论时，仍不免有临事而惧的踌躇：

"真的是你吗，170岁的李元龙先生？"

萧水寒回过头，他的身体生气勃勃，但目光中分明是百岁老人的睿智和沧桑。他平静地说："对，我是李元龙，也是刘世雄、库平、孙思远和萧水寒。"

邓飞低声道："李先生，你让我猜得好苦啊。"

正在这时，他们听到邱风发出了一声压抑的呻吟。她捂着肚子，脸色雪白，头上是豆大的汗珠。萧水寒急忙奔过去，邓飞在他身后喊道："太太肯定是刚才摔跤动了胎气，快送医院！我去把车倒出来！"

他要过萧水寒的汽车钥匙，把车开到门口。一个侍者帮萧水寒小心地搀扶着邱风上车。萧水寒匆忙同蒙古老歌手道了别，汽车迅即向妇产医院开去。

老歌手久久立在饭店门口，直到汽车远去。

医生说邱风要早产，把她送入分娩室，两扇门随之关闭。门外不时听到撕裂般的呻吟。萧水寒面色焦灼，在屋内来回踱步。他的步伐急迫轻灵。邓飞用过来人的口吻劝他：

"别担心，出生前的阵痛，每个女人都得过这一关。"萧水寒感激地点点头。邓飞解嘲地说："嗨，我几乎脱口喊你是年轻人。真的，看着你的容貌和步伐，很难承认你是170岁的老人。"

萧水寒已恢复老人的平和，微笑道："实际上我自己也很难适应这个反差：身体的青春勃勃和心理上的老迈，它们常造成错位。你怎么猜到我的秘密？"

邓飞笑道："喏，就是这张纸片。"他把笔记本上那一页递过来。"我发现与你有关的五个人，其生活区段恰恰首尾相连，中间只有2—3年的空白，而这正是一次彻底整容所需的时间。"他端详着萧水寒的面容，"萧先生，你的整容术很成功，保密也做得不错。不过，G国能做这种高水平整容术的医生并不多，所以警方很容易找到他们，比如何塞·马蒂医生、波塞略医生等。警方也查到，从李元龙开始的这五个人，他们血型都是AB型。当然这可能是巧合，但也是一个有力的旁证。还有，你的声音并未改变，当我听到库平的录音时就觉得似曾相识。我又尽力找到李元龙先生一些原始录音作了对比。为了百分之百的把握，我还安排了烤肉苑的相认，因为盲人的听觉是最灵敏的。"

他心情复杂地再次端详着萧水寒。他头发乌亮，皮肤光滑润泽，动作富有弹性，绝对不像170岁的老人，甚至不像50岁的中年人。他的身体一直保持着35岁的状态。邓飞不满地说：

"李先生，恕我冒昧问一句——我不会不识趣地问你长生之秘的具体内容。你隐名埋姓地活着，自然是为了牢牢保守这桩无价之宝。但你能否告诉我，你为什么不把它公布于众，与全人类共享呢？"

萧水寒在他面前立定，用170岁老人的目光居高临下地看他。他在35岁时发现了长生之秘并施之于自身。为此，他数度易名，数度易容，反复扮演着20—50岁之间的人生角色。为了保密，他不得不多次斩断熟悉的人际关系。在结发妻子因车祸去世后，他一直没有再婚，因为没有经过长生术的女人无法永远伴他同行。他独自承受这个秘密已太久了，谁能理解他的百年孤独？他平静地问邓飞：

"年轻，这真是一个好礼物吗？"

"那当然！"邓飞脑海中立即浮现出父亲缠绵床榻的痛苦晚年，那时他真的愿意以世上的一切换取父亲恢复青春。"谁不愿意逃避衰老呢？这是每个人从灵智开启时就具有的愿望，是人类千万年来的渴求。而且在现代，长生的必要性是越来越大了。科学飞速发展，知识爆炸，人类在学习上花费的时间越来越多，终有一天会达到这样的临界平衡：人们学完最起码的知识后就得迎接死亡，那时科学就从此停滞了，不会再发展了。所以人类的短寿已成了制约人类发展的瓶颈。"

萧水寒摇摇头："你说得很对，但你把长寿和长生混为一谈了。不过，这不是一时半会儿能说清的话题，咱们以后再说吧。"他补充道："我的真实身份请暂不要告诉我的妻子，等孩子满月后我会慢慢告诉她。"

病房内又传出撕裂般的呻吟，这是一段平静后的又一次阵痛。一个护士匆匆走出来，惶惑地对萧水寒说："你太太是横生，医生正在努力转位。萧太太坚持要你在身边，医生也同意了，请进吧。"

萧水寒来到产床前。邱风支着双腿，平卧在产床上，几个医生正在忙碌。长时间的阵痛后邱风已十分虚弱，她闭着眼，头发被虚汗浸透。她忽然摸到丈夫的手，身体起了一波震颤，眼睛睁开了：

"水寒，是你吗？"

"风儿，是我。我在陪你。"

"不要离开我，我怕……"

阵痛使她的精神变得恍惚，使她的心理变得脆弱。丈夫背负的那个毒誓已在她心中深深扎根，邓飞今日的神秘举止又加重了她的恐惧。孩子马上就要出生，"天谴"会不会真的落到丈夫身上？她怕丈夫会抛下她和孩子而去。萧水寒知道她的心理，爽朗地大笑起来：

"怕什么？是不是我曾说过的誓言？告诉你吧，那是骗你的，我一直都在骗你。人怎么可能有前生呢？当然，这里有一个曲折的故事，等把孩子生下来我再慢慢告诉你。"

"真的吗？"

萧水寒笑着点头，吻她一下，邱风慢慢安静下来。

两个小时后，一个女孩呱呱坠地。邱风松了劲儿，很快呼呼入睡。护士为孩子按了指模，抱过来让萧水寒看。嗨，真是个丑东西，猢狲似的小脸，皮肤皱皱巴巴，闭着眼，额头上还有皱纹呢。不过，一种与生俱来的亲切感从心中油然升起，他觉得喉咙发哽，胸中涌出一股暖流。这种暖流在他头生的儿子出生时曾经尝过，不过差不多已经淡忘，毕竟是130多年前的事了。

邓飞也进来了。看着这位幸福得发晕的父亲，邓飞又几乎忘了他的真实年龄。他拍拍这位"年轻父亲"的肩膀，以爷爷的心态向他祝福。萧水寒向他点头致谢。

第二天邓飞来到产房，婴儿在育婴室里，萧水寒坐在邱风的床前，正握着她的手在说着什么。他从窗户里看到邓飞，知道邓飞有话要说，便主动走出来。邓飞没有绕圈子。

"你的秘密恐怕难以保守了。"他心情复杂地说，"我不得不向上级汇报，先向你打个招呼吧。"

萧水寒微笑道："邓先生请便。实际上，从我决定要孩子的那一天起，我已决定把这一切来一个了断。那个秘密已经没有价值了，你不过是把那个时间提前几天而已。"

邓飞迟疑地说："恕我冒昧，你对今后是什么打算？如果需要我帮忙，我会尽力的。"

"衷心感谢。等内人满月后再说吧，到那时，我会把自己的决定通知你。"

晚上，邓飞向龙波清通报了本案的结论。龙波清吃惊地说："什么？你不是开玩笑？"

邓飞忍不住微微一笑，他猜想这发炮弹一定把局长大人从他的转椅上轰起来了。不过，这件事的沉重分量使他无法保持幽默的心境。"不是，我既不是开玩笑，也不是说昏话。"

电话那边沉默了很久，然后果断地说："不要在电话中说了，我马上派一架直升机接你。"

几个小时后，邓飞坐在龙局长的办公室里。黑色的丁字形办公桌把龙波清包在里面，平添了居高临下的威严。龙局长唤秘书为邓飞斟上绿茶，秘书退出后，他把沉重的办公室大门仔细关好，坐到邓飞面前。

"老邓，我自然相信你，证据不足的结论你不会出口的。但鉴于此事的分量，我还要再问一遍：这是真的吗？你凭什么相信这件看来十分荒谬的事？"

"我也是逐步信服的，在这个过程中我的心理惯性比较小，恐怕要得益于我看过不少李元龙先生的早期著作。在那里面，生物可以长生的结论几乎呼之欲出。只是，在那层窗户纸捅破之前，我想不到这上面去。"

邓飞又把思路捋一遍，说：

"李先生说，亿万种生物被洒在世界上，任其自生自灭，让它们各自进化出最有效的生存和繁衍模式。单细胞生物靠分裂方法繁衍，从细胞本身来讲，可以说是长生不老的。当它发展成多细胞生物时，如果仍保持每个细胞的无限分裂能力，并仍用分裂方法繁衍后代，才是最正常、最容易达到的路径。科学家在研究癌症时早就发现，人体细胞中有一种致癌基因——RAS基因。它在胚胎期参与组织的发育和分化，婴儿出生后即受到抑制。但在致癌物质的作用下，它会恢复功能，一直向细胞发出生长和增殖信号，这就形成了癌组织。其实，这种所谓的致病基因，恰恰是生命早期的正常基因，它的无限分裂是正常的功能，被抑制才是不正常的，是活体约束的结果。癌症之所以难以攻克，正是因为科学家要对付的恰恰是细胞的原始本性，虽然这种本性在进化过程中被压抑了几亿年，但它仍顽强地不时复活。这些内容太专业，你能听懂吗？"

龙局长苦笑道："我硬着头皮听，继续说吧。"

"所以，我们之所以觉得生物的长生不可思议，只是因为我们的思维被加上无形的枷锁，是数十亿年生命方式对我们思想的潜移默化。还是接着刚才的说吧。我们完全可以假定那种长生的多细胞生物确实存在过，后来被大自然无情地淘汰了，而原因是这种生命形式不利于物种的变异进化——记住，它的不存在是因为它不利于物种进化而被淘汰，并非它不可能存在。造物主并没有禁止细胞乃至生物体的长生，没有任何物理定律限制它。"

龙波清听得十分专心，喃喃地说："真是全新的视角。"

邓飞笑道："其实，科学探索和我们的破案很相似，有时候某个案件错综复杂、一片混沌，但只要跳出圈子，换一个视角，往往有新的发现。"他继续说道："刚才是从宏观上、从哲学高度讲；如果从微观、从纯技术角度来看，也是可以达到的。人类之所以会死亡，是因为人体细胞分裂约50代后就会衰老。人体中刚受精的胚细胞中，其染色体顶端有大约1000个无编码意义的碱基对，它们就像鞋带端头的金属箍，对染色体长链起保护作用。但在活体约束中，一种细胞凋亡酶CPP-32向所有细胞发出密令，使它们在每次分裂时失去80—200个碱基对，染色体因而逐渐失去保

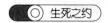

护，细胞就开始衰老死亡。再问一次，你能听懂吗？这是很抽象的知识，不懂就问，不要爱面子，你别让我对驴弹琴。"邓飞开玩笑地说。

龙波清已听得入迷，没有回击他的调侃："请继续。"

"癌细胞与此不同，它有一种端粒酶PARP可以克制凋亡酶的作用。所以它是长生不死的。100年前，李先生治愈了千百年令医学界束手的绝症，并因此扬名于世，他用的正是克制端粒酶的办法。"他有意停顿一会才说，"然后，李先生就想到事情的另一面，如果使所有人体细胞都能像癌细胞一样无限分裂（当然分裂速度不能失控），实际上也就是使RAS基因恢复到原始状态。那会是什么结果？那就是千百年来人们孜孜追求的长生不老。说起来简单，实行起来难度极大，但李先生终于成功了，并把这种手术施之于自身。于是他成了第一个长生不老者，直到现在还保持着35岁的身体。"

邓飞介绍完了，龙波清久久与他对视，屋里安静极了。邓飞问：

"你听懂了吗？"

"听——懂——了。"龙波清慢吞吞地说，"你说的道理我都听懂了，很有说服力，但我还是不敢相信。人怎么可能长生不死呢？连宇宙还会灭亡呢，连物质世界的砖石——质子还会湮灭呢。"

"噢，对了，我忘了为你辨清这一点。萧先生说过，严格说来，他的技术不能称作'长生术'，而只能称作'准长生术'。你刚才说得很对，绝对的长生确实是不可能的。但也不能把他的准长生术与长寿混为一谈，两者不属于一个数量级。这么说吧，如果我们用修修补补的医学手段让人类的寿命以算术级数增加，达到120岁、200岁，甚至500岁，这属于长寿的范畴；但如果彻底取消基因中关于寿命的指令，使人类寿命以几何级数增长，达到1000岁、5000岁，甚至10万岁，那就是准长生的范畴了。理论上说准长生是没有上限的，它能达到一个极大的但小于无限的数字。当然，实际能达到什么高度要受技术水平的制约。"

龙波清思索着，点点头："这么说比较容易理解了。我也能信服。"

邓飞皱着眉头说："老实说，我过去把萧水寒当作潜在罪犯时，倒对他一直怀着敬意。知道了真相，我反而鄙视他，可怜他。他像个土财主似的抱着这个秘密，像土拨鼠似的东躲西藏，为的什么呀。纯粹的恋宝癖！他为什么不把这个秘密公布于众呢？"

公安局局长似乎没有听到这段话，从这会儿开始，他走上了自己的思路。他与邓飞毕竟身份不同。作为侦察员的邓飞，关心的是破案的进程和准长生术的技术细节；而他作为公安局局长，关心的是它的社会影响。如果它是真的，如果它被泄露，会造成什么样的轩然大波？会有多少世界巨富用倾国之资来购买这项技术？有多少黑道枭雄来强取暗盗？这还不是最重要的，最重要的是，社会秩序将被完全推翻，要在长生术的基础上重新构建了。

中学时，他遇见过一位很善于煽情的历史老师。在讲猿人时代时，那位老师绘声绘色地说：当一只大胆聪明的猿猴第一次学会从林火中取下火种时，这个种族的命运就发生了突变。那是人类获取的第一把科学之火。现在，这种长生术或者准长生术无疑是有同等意义的第二把科学之火。与它相比，什么核能、电脑、激光都只是上不了台面的小玩意儿。

他多少带点怜悯地看着邓飞，这位老朋友在侦破过程中仍然保持着锐利的思维，令人佩服。除了他，谁能把这桩谜案归结到长生术上去？但他在大局观方面未免迟钝。不过这会儿他不想把话说透。他想了想，果断地说："我们也暂时为他保密。你先回家见老嫂子一面，然后立即赶回去，死死地守着萧水寒。我还要向上面汇报。我想，这个足以影响全人类的无价之宝，如果仍归私人收藏，恐怕不合适。太可惜，也太危险，对他本人或对社会来说都太危险。"

"好的，我马上回去。不过，那两个跟踪者的情况怎么样？我这两天一直没有注意到他们。"

局长懊恼地拍拍脑袋："噢，该死，我真该死。只顾听你讲天书，这么重要的事忘记说了。那两人在两天前——就是你们在宝天曼山中时——突然取消跟踪，向广州那边去了。刚刚我得到通知，他们已经出国。因为没有犯罪事实，不好拘捕他们。放长线钓大鱼吧，他们肯定还会再来的。"

邓飞警告他："你可要小心对付，这种突然的撤退恐怕预示着更凶狠的进攻。"

"我会小心的。快回去吧。"

邓飞走后，公安局局长沉思很久，最后下决心直接拨通北京的电话。他要求国务院办公厅立即为他安排一次破格的晋见，他有极端机密的事情向上层汇报。那边问清他的姓名和职务，请他稍候。不久电话又打过来，告诉他约见已经安排，请他即刻来京。

第八章　真相

　　萧水寒在琅琊台海滨的高级住宅区租了一套房子，邱风出院后他们搬进去了。他原准备国内旅行结束后送邱风到澳大利亚去生孩子的，按她的预产期来说这个日程安排没问题，但邱风的早产打乱了他的计划。

　　邓飞也在附近安排了住处，成了他家的常客，也是唯一的客人。因为除了那位蒙古族盲歌手外，萧水寒没有对生命研究所还健在的同事们泄漏真情，所以他在这儿仍是世外之人。倒是邓飞对女主人亮明了自己的身份，当然他说得很有分寸。他说，警方曾怀疑萧水寒与几位科学家的离奇失踪有关，所以派他来跟踪侦察，这些怀疑现在已经完全排除了。至于萧水寒的真实身份他没有提及，萧水寒已经说过，他将在婴儿满月后亲自告诉妻子。

　　邓飞自嘲道："我就像《80天环游地球》中的侦探费克斯，满世界追踪罪犯，却发觉追的是一位绅士。"听了这句话，邱风一下子放心了。

　　他非常热情，替邱风请保姆，买奶粉和婴儿衣服，为毳毳照满月照，每天跑里跑外。不久，邱风就觉得再称他邓先生未免太见外了，应该换一个亲切的称呼。她没想到一句"邓叔叔"把邓飞着实吓了一跳——他怎么敢当170岁李元龙的妻子的叔叔呢。他忙说："别别，千万别这样称呼。"

他看看萧水寒："就称我邓大哥吧。"

邱风看看丈夫，丈夫微笑着默认了。邱风高兴地说："那好，就依邓大哥的意。"

邱风的奶水很足。"看来我体内的黄体酮就是多，特别适合做母亲。"邱风半开玩笑半是自豪地说。每天毳毳被保姆抱过来，把头扎在母亲怀里，咕咕嘟嘟咽着乳汁；吃饱了，自动放开奶头，依偎在妈妈怀里，漾着模模糊糊的笑容，眼珠乌溜溜地乱转。邱风对自己的女儿简直是百看不厌。

她把心思全放在毳毳身上，甚至没注意到丈夫又恢复了周期性的抑郁。当母亲咿咿唔唔逗女儿说话时，萧水寒常走到凉台上，眉峰紧蹙，肃穆地遥望苍穹，去倾听星星亿万年的叹息。这时，170年的岁月就像溪水一样，静静地从他的脑海中淌过去。

35岁那年，他窃得了造物主最大的秘密。在狂喜之后，他马上感到了沉重。这项秘密太重大了，与它相比，什么"克隆人""器官移植"等技术不过是小游戏。世界要为此而颠覆了。人类社会的秩序要崩溃了。谁不想长生不老？什么样的人才有资格得到这个特权？如果全人类都长生不老，后来者怎么办？一个在组成成员上恒定不变的文明会不会从此停滞？

……

这只是他能设想到的前景，还有多少他不能预料到而可能出现的悖乱？

他的成功把自己推到上帝的位置上，但他远没有做好必要的心理准备。现在，他非常理解和同情上帝，那位老人家的责任实在是太重了啊。

他很快做出了决断：要一人承受这个重担，保守秘密，直到他觉得已经考虑周全，可以把它公之于世为止。这个决定既沉重又冷酷——他有妻儿、亲戚、朋友，但他只能吝啬地藏着这个秘密，不敢与他们分享。这对他挚爱的妻儿来说，几乎是犯罪了。古人还有"一人得道，鸡犬升天"的博爱观呢，但他无权把这个天赐之物随意施舍，因为它是福是祸还说不定。他还决定，从现在开始，他自愿放弃生育后代的权利。这代人的长生和后代的繁衍是水火不相容的。所以，如果他决定再生育后代，他就要同时结束自己的生命。

现在是他履行诺言的时候了。

他对履行诺言从未动摇过，不过真去实施它时，真要自愿放弃他的不世之遇时，难免有生之恋。生物中的长寿者都是植物（如果不算无限分裂的单细胞生物），澳大利亚的灌木有超过1万年的。动物则普遍短寿，从没有寿命超过200岁的种群。如果他能活1万年、10万年，像上帝那样去看人世的变迁，那该是什么样的心境？他是唯一有这种幸运的人，但他现在要主动放弃了。

还有混沌未开的毳毳，无时无刻不笑卧在他的思绪里。他没有像邱风那样爱形于色，但他的刻骨爱恋绝不逊色于邱风。可是他要与毳毳永别了，因为爱她，所以要离开她，世事竟是如此的悖谬。他曾认为，如果长生更有利于人类种族的延续，那么扼杀后代的生存权利并不是罪恶——这种观点理论上并不错，可是在毳毳面前，能再坚持吗？

邱风浴罢走过来，依偎在他的身旁，晚风吹拂着她的白色浴衣和漆黑的长发。他问："毳毳睡着了？"

"嗯，这孩子真乖，从没闹过瞌睡。你看这孩子最像谁？"

"当然是像妈妈啦。"

"不，我看她最像你，特别是眼睛和额头。"

萧水寒想起毳毳才生下来时满脸皱纹的样子，不由笑起来："她刚生来时可是丑得很呢，你看才一个月，她已经长漂亮了。"他收住笑声，沉沉地望着妻子："风儿，今晚我想和你谈一件事，好吗？你分娩前我答应告诉你的。"

邱风忽然想起丈夫的恶誓，想起他近期的抑郁。她很内疚，这些天只顾疼女儿，忘了关心丈夫。她忙说："好的，你快说吧——不过我已经不怕了，一点儿都不怕了。"

"风儿，这两个多月的旅途中，你是否发现过什么异常？"

"有啊，邓飞一直在偷偷监视着我们。他原以为你与几位科学家的失踪有关，后来才知道是一场误会。邓大哥已经向我解释了。"邱风天真地说。

"傻姑娘啊。"萧水寒叹息着，又沉默很久，不知如何开口，"我先给你讲个故事吧。"

他扶邱风在凉台的吊椅上坐下，自己拉把椅子坐在旁边，娓娓讲述了李元龙的故事。他讲少年李元龙如何艰苦求学，一只木棍挑着一个馍馍包裹步行到校，这就是一星期的口粮；青年时代的李元龙如何才华横溢，用基因疗法征服了癌症；后来，他发现了长生之秘并施之于自身；再后来，便悄然离开社会；他化名刘世雄隐居30年，彻底完善了长生医术。刘世雄消失后，库平又出现了。这次他特意选择另一种职业，以便验证长生之人在智力上能否保持活力。这次实验他失败了。虽然库平一直保持着35岁的巅峰智力，但他作为工程师的一生显然比较平庸，因为他的思维已形成固定的河床，难以改道了。于是他不得不回到生物学领域，在琅琊台组建了孙思远生命研究所，在这个领域他仍然如鱼得水。但可叹的是，他终于未能超越李元龙。

因为他已经失去了那种新鲜感和激情，失去了青年的幼稚莽撞和胆大妄为，失去了天马行空般的思想驰骋。

邱风兴奋地叫起来，一迭声地追问："原来你一直在追寻李先生的下落啊，怪不得警方说你与他们的失踪有关呢。他真的发现了长生之秘？孙思远就是李元龙吗？他现在在哪儿？"

萧水寒不易觉察地苦笑一声，发出170岁老人才会有的苍凉叹息："傻姑娘，你不久就会知道的。"

看着邱风的天真，他实在没有勇气把真相撕破。

邓飞的秘密监视点离萧水寒的新居不远，琅琊台公安局遵照总部命令，派了精明干练的何明和马运非来配合邓飞监视萧水寒。这两人整天守着窃听器和高倍望远镜，监督着那幢住宅的动静。邓飞这几天有些反常。他似乎也传染上萧水寒的低度抑郁，常常独自默默地凭窗眺望。

窃听器里萧水寒正在向妻子讲述李元龙的几段人生。监听的何明忽然抬起头来，吃惊地问：

"真的吗？老邓，这是真的？"邓飞从窗户那边转过身。"真有一个长生不老的李元龙？"

邓飞暂时不想向他们深入介绍案情，不置可否地说："甭管真假，继续听下去吧。"

何马二人很兴奋，局里对他们下达的命令是：保护萧氏夫妇，同时纪录好他们的所有谈话。想不到自己参与的竟是世界级的秘密！他们聚精会神地听下去。夫妻间的谈话已经结束了，听见有热吻声，邱风情意绵绵地邀丈夫今晚同床，她说她的身体已经完全恢复了，渴盼着丈夫的爱抚。接着，窃听器中传来窸窸窣窣的脱衣声。小马笑着说：

"两人已上床了，再听下去是不是有点儿缺德？把窃听器关了吧。"

邓飞闷声说："听下去。上边下的是24小时监听的死命令。"他警告说："你们已经知道，萧水寒的手里可是握着一个世界级的秘密，不知道有多少人盯着呢，对他们的监护一秒钟也不能放松。"两人看到老邓的情绪不好，偷偷吐吐舌头，安静下来。

这两位侦察员毕竟比邱风敏锐，已经猜到年轻的萧水寒就是170岁的李元龙。

凌晨，萧水寒悄悄下床穿衣。邱风睡得正香，白色毛巾被裹着她生育后丰满起来的身躯。她口唇湿润，乌发散落在雪白的被单上。萧水寒悄悄俯下身，轻轻吻她一下。他强忍心中的苦楚离开邱风，又到保姆屋里看了毳毳。保姆熟睡未醒，毳毳睡得更香甜，小嘴咂咂着，小手小脚时而弹动一下。李元龙在婴儿床前久久伫立，最后俯身吻吻孩子，决然转身，脚步滞重地走出去。

他步行约10公里。东边，海天相接处开始微现曦光。他来到海边的一个小港湾，一艘游艇泊在岸边。听见脚步声，岸边一个中年人迎过来：

"是萧先生吗？你好，按你的吩咐，游艇已检修过，加足了柴油。"

萧水寒笑着点头，掏出一张支票递过去。那人看看数字，感激地说："萧先生太慷慨了，这种柴油动力的游艇等于已经淘汰了，你却付这么高的价。"

萧水寒笑着挥挥手，跳上船去。中年人为他解开缆绳，扔到船上，交代道："萧先生，这艘船已破旧，最好不要开得太远。对了，你没有交代要干粮和淡水，我还是备了一星期的用量，就在船舱里。"

"好的，谢谢你，再见。"

游艇笔直地朝外海开去，船尾犁出一道白色的水沟。晨光曦微，浑浊的海水逐渐变成清澈的深蓝色，海鸟拍翅在船后追飞。这时一个人从船舱里钻出来，走进驾驶室。正在仪表盘旁操纵的萧水寒没有露出惊异，朝邓飞点点头："我知道你要来的。"又回身继续驾驶游艇。

邓飞沉默着，很久才问："你要把生命交给大海？"

萧水寒点头。

邓飞低声道："这到底是为什么呀，你肯轻易抛弃长生，却不愿把长生之秘与人类共享？"

萧水寒看看他，又回过头直视着前方。"年轻人，"他这样称呼着66岁的邓飞，"那真是一件好礼物吗？我说过，一代人的长生势必扼杀后代的生存权利，否则地球很快就要撑破了。但我们对后代的义务已刻印在遗传密码中，我们难以逃脱冥冥中的约束。所以，当我从造物主那儿窃得长生之秘时，也对造物主作出许诺：我的亲子出生之时，我一定结束自己的生命。现在是我履行诺言的时候。"他看看邓飞，苦涩地说："昨晚我想把真相告诉邱风，但到底不忍心。只好有劳你了，邓先生。"

邓飞犹豫着，慢慢掏出手枪："请原谅，我不能做你的信使。你必须跟我回去，我不得不执行最高层亲自下达的命令。"

萧水寒淡淡一笑："那玩意儿对求死者无用。"

邓飞摇摇头："不，这里不是子弹，是麻醉弹。李先生，跟我回去吧，你非要逼我开枪吗？"

萧水寒平静地说："你也不要逼我，我不想与你同归于尽。等我投海后你就开着游艇回去吧，你没有死的理由。年轻人，把那玩意儿放下吧。"

邓飞苦笑着摇头，手指慢慢扣下扳机。萧水寒警觉地斜睨着，正要用一个猛烈的动作把游艇弄翻。恰恰在这个当口儿，邓飞的手机响了。他右手平端着手枪，左手掏出手机。"喂，我是邓飞。什么？"他的脸色变了，"好，我马上劝萧先生返回。他会同意的。"他关掉手机，脸色苍白："萧先生，你的妻女被绑架了！是那两个跟踪者干的，他们又返回国内了！"

萧水寒不动声色地看着他。邓飞苦笑道："萧先生，不要用这样的眼神看我。我说的是真话，不是警方设的骗局。我们好歹是朋友了，你该对我有这点儿信任。"

他坦然直视着萧水寒锐利的目光。萧水寒默然回过头，搬动舵轮，快艇疾速地侧身转了一个大圈，向来路驶去。他想，邓飞很可能说的是实话，那两个味道儿不正的跟踪者当然不会轻易放过他的。这些天他们忽然销声匿迹，本应该引起自己的警觉，他太大意了。不过他并不担心。那些人当然是冲着长生术来的，那么，在没有得到这件宝贝之前，他们绝不敢动邱风和毳毳半根毫毛。

但他履行诺言的时刻不得不向后推迟了。

公寓里还是走前的样子，并未显得凌乱。只是少了女主人和可爱的小毳毳，陡然冷清了许多。何明和马运非在查看绑票者留下的痕迹。小保姆吓傻了，缩在角落里哀哀地啜泣着。看见两人进屋，何明迎上来，对邓飞歉然说：

"绑票者是三个人，乘一辆奥迪，没进公寓我们就发现了。但他们这次是有备而来，肯定知道这座房子是在警方的监视之下，事先摸透了萧先生的个人情况。他们在叫门时自称是西安诚信公司的人，是李树甲派他们来这儿送礼物的。我们一直监听着他们的对话，听萧太太的口气和李树甲很熟，很热情地请他们进屋，我们就大意了，没有及时采取防范措施。他们进屋后立即控制了人质，然后以人质做掩护，撤到汽车上。考虑到萧太太和女儿的安全，我们没有采取行动。因为我们考虑到，为了得到……"他打了一个哈欠，"那件东西，他们不会加害母女两人的。"

"你们采取的措施很对。上面知道了吧。"

"都汇报了。武汉的龙局长乘专机马上到，我们的陈局长已经去机场迎接。他们请萧先生放心，警方一定很快把绑匪控制住。"

小保姆哭着过来，把一封信和一部手机交给他："萧伯伯，这是坏人留下的，说一定要亲手交给你，要你按信上写的办，要不邱阿姨和毳毳就没命了。萧伯伯，快想办法救她们啊。"

萧水寒和颜悦色地安慰她："别急，没事的。别哭了。"他展开信，信上只有几句话。

萧先生：

　　首先请你放心，夫人和令爱安全无恙。请你单独带着那件宝贝来见我，我们会送还夫人和令爱。有一点其实不用我们说的：绝不能让警方掺在里面。具体见面方式用这个手机通知你。

　　他把信默默地递给邓飞。邓飞看后说："你不能单独去，太危险。龙局长和陈局长马上到，我们一块商量个妥当的办法。"

　　"不，我自己去，我能处理这件事。不要忘了，我有170岁的经验和35岁的体力呢。"他微笑道。

　　"萧先生，这不是开玩笑的事。绑票者一定是高水平的专业杀手，心狠手辣，你不能去冒这个风险。"

　　萧水寒不再说话，但他的表情显示出，这个决定是不容更改的。绑匪送的那个手机突然响了，所有人的神经都猛一抖颤，盯着萧手中的手机。萧水寒平静地按下通话键，里边响起带台湾口音的普通话。

　　"是萧水寒先生吗？或者说，是李元龙先生吗？"

　　"对，是我。"

　　"萧先生，我们对你非常敬重，希望这次迫不得已的绑架有一个愉快的结局。请先生带着必要的技术资料来见我们，我们会马上把夫人及令爱礼送回家。"

　　萧水寒傲然说："我不用带任何资料，所有东西都在我的脑子里装着呢。说吧，我们如何见面？"

"你确认不用带书面资料、磁盘等物品吗？我不想冒犯先生，但请你慎重考虑。"

他的口吻十分客气，但客气后透着冷酷，透着寒意。萧水寒说："不要浪费时间了，我不会拿妻女的生死开玩笑的。"

"那好吧，请你即刻乘你自己的汽车向济南方向出发，我们会随时与你保持联络。再说一遍，我们不希望看到一条警方的尾巴。"

"可以。但我也有个条件。在你们得到想要的东西之前，我一定要亲眼看到我的妻女。"

"她们都很安全……"

萧水寒厉声说："按我的要求做准备吧，在这点上没有可讨价的余地！我现在就出发。"他摁断电话，起身向外走。

邓飞知道劝不动他，还是做了最后一次努力："萧先生，你……"

萧微笑着挥挥手，截断了他的劝说。他坐进自己的H300中，向车外的邓飞扬手作别。汽车飞快地开出停车场。邓飞随即也发动了自己的汽车，急迫地对何明说：

"我跟着他去，有什么情况车上再联络。"

他尾随萧水寒飞驰而去。

片刻后，去机场接客的车到了，龙局长和陈局长从车上急匆匆地下来。刚才，何明已经用电话扼要介绍了这一段的变故。何明和马运非把他们迎进屋，龙局长恼怒地说：

"怎么搞的，你们为什么不拦住萧先生！如果他有什么意外，你们负得起这个责任吗？"

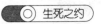

何明委屈地说："老邓竭力劝阻他，但劝不住。我们又没权拘捕他。"

"你们都知道他身上带有多么重要的秘密！即使采取一点儿非常规的手段也不为过。快点和老邓联系上，快！"

何明要通了邓飞的手机，龙波清问："你这会儿在哪儿？"

"在通往济南的路上。我不敢太靠近，在几公里之后跟着他。"

龙波清压住火气说："怎么可以放萧水寒去见绑匪呢？他身上带有国宝级的秘密。"

邓飞听出他的不满，没好气地说："他掌握的秘密当然非常重要，不过对他而言最重要的是妻女的安全。我尽力劝了，但没能劝住他。我正想问呢，对那些绑架者是如何监控的？在他们重新入境后为什么没有纳入控制，让他们闯到这里来？"

龙波清看看陈局长，没有辩解。这帮人第二次入境时采取了化名和化装，但如果把工作做细一点儿，的确可以早期发现和制止他们。他说："工作中的失误咱们以后再讨论吧，当务之急是把这伙人纳入控制，保证萧先生及妻女的安全。"

"萧先生的车上有我早先安装的信号发生器，我想暂时还能跟得住他。但据我估计，绑匪们一定会料到这一点，他们会很快切断这个联系。"

"不管怎样，你还是紧跟着，有情况及时反馈。我们再想别的办法。"

"好的。"

邓飞车上的屏幕显示出，萧水寒的车仍在通往济南的路上行驶。邓飞仍跟在后边，同时警惕地注视着公路周围的动静。

　　高速公路上车流滚滚，萧水寒不慌不忙地开着车，听凭一辆又一辆车按着喇叭超越他。那个手机被放在驾驶台上，一直阴险地保持沉默。邱风这会怎么样了？她是个冰花般纯洁脆弱的女人，不知道能否经受住这次打击。不过他估计邱风应该能承受的，再脆弱的女人成为母亲后也会成为最勇敢的人。毳毳这会儿吃饱了没有？哺乳期的母亲在受惊后常常要回奶，如果是这样，毳毳这两天就要受罪了，这会儿一定在扯着嗓子哭呢。他一直在宽慰自己，说绑匪们绝不敢动她们一根汗毛，这是对的，但担心也同样难免。这都是些心狠手辣的家伙，谁能保证此后同他们的周旋中不出现什么意外？

　　他轻扶着方向盘，虽然生死关头就在前边等着他，但他的思绪仍不免滑走。他想起自己的结发妻子段玉清，妻子是47岁那年因车祸去世的，与他对长生术的保密并无关系。也就是说，即使他已把长生术施于妻子身上，也不能避免她的意外死亡。但不管怎样，在为妻子送葬时，他无法克服自己的内疚，那时，看着妻子已显苍老的遗容，他几乎要精神崩溃了……50年后，在他作为库平而生活时，他曾悄悄回家乡看望自己的儿子。他只看了一次，以后就不再去了，因为，那时儿子已经是腰背佝偻的衰朽老人，而自己仍是朝气蓬勃，两相对比，他难以克服自己的负罪感。唯一可以自我慰劝的是，他的"吝啬"不是缘于自私，而是更深层次的博爱……他想起自己不久前的攀岩，想起自己同邱风酣畅淋漓的性生活。想起这些他不免有种胜利感，因为他已粉碎了关于衰老死亡的律条，在170岁还保持着年轻人的体魄……

手机响了，仍是那个带台湾口音的人："萧先生，我们很欣赏你的守约。我们一直掌握着你的行踪，没有发现尾巴。现在你往前看，应该能看见一座立交桥。能看到吗？"

萧水寒想，绑匪们肯定在他车上装有信号发生器，从而掌握着他的行踪。他看到了那座立交桥，淡淡地说："看到了。"

"好，在那儿停下，有人会告诉你后面的行程。"

这是座高大的立交桥，粗大的水泥柱子旁边站着一个人，正在向他挥手。车停下，那人命令："下车，到右边去，快！"他粗暴地把萧水寒拉下车，随即上了萧水寒的汽车，快速启动，疾驶而去。萧水寒知道，这一手是为了防备卫星监视，卫星只能看到一辆汽车从立交桥下开进又开出，却不知道司机已经更换了。他按那人吩咐朝右边走了20多步，一辆黑色的桑塔纳在路边等着他。车上有两个人，其中一人40多岁，中等个子，面貌较熟，他认出这人是跟踪过自己的两人之一，邓飞说他是台湾黑社会的，叫蔡永文。蔡永文温和地说：

"请萧先生把所有衣服脱光。这是不得已的预防措施，请萧先生谅解。"

萧水寒知道他们是怕他夹带信号发生器，他没有言语，很快把衣服脱光，连鞋袜都脱了。这儿离主干道不远，干道上经过的驾车者都瞥到路边有一个肌肉强健的裸体男人，他们的汽车大都有一个下意识的短暂减速，不过没人停下。姓蔡的捧出一叠衣服，请萧水寒更衣。他艳羡地看着这具强健的体魄，轻轻摇着头说："不是亲眼所见，我真不相信170岁的人竟然有这样的体魄！好，请先生上车吧。"

萧水寒钻进车里，坐在后排。蔡永文歉然说："我还得把你的眼睛蒙住，实在对不起。请先生务必谅解。"

萧水寒冷冷地横他一眼，仍没有说话，让他蒙上眼睛。汽车迅速开走了。

此后的数十个小时里，汽车不停地行驶。他们换过两次车，也曾短暂地停下，让萧水寒吃了两顿饭，吃饭时蒙布也没有取下。萧水寒凭感觉知道，他们大半时间是在高速公路上疾驶，有时也降低速度，在状况很差的道路上晃悠。终于到了，两人搀扶着他走了一段坎坷不平的山路，然后为他取下蒙布。等他的眼睛逐渐适应了光线，他发现是在一座房屋内。屋内摆设很简单，窗户都蒙着黑布。屋内有五六个人，那个姓蔡的站在桌旁。桌后是一个肤色黝黑的中年人，也是黑发，黑眼珠，个子不高，手指上带着硕大的钻戒，大概就是邓飞曾通报过的G国来的马丹诺了。马丹诺微笑着向他点头，蔡永文说：

"萧先生，以这种方式把你请来，实在是冒犯了。希望我们很快会忘掉这点不愉快。请坐，喝点什么饮料？"

萧水寒在一个圈椅上坐下，冷淡地说："我的妻子和女儿呢？你们不会忘了我的条件吧。"

"不会不会，她们顶多10分钟后就会抵达。我们还是趁这点时间谈谈今后的合作吧。"

萧水寒没有理他，对方便自顾说下去："萧先生，不，还是称你李先生吧，那样更顺口一些。我们已确切知道你掌握了长生术，这是多么珍贵的宝物，是人类千万年来梦寐以求的东西。如果一直归你一人使用，未免

暴殄天物，也太自私了吧。所以，我们……"

萧水寒打断他的话："也许你们想从我这儿榨出长生的秘密，然后向天下公布，与全人类共享？"

蔡永文面不改色地说："不，不，我们达不到这样的境界。我们会把它搞成一个大产业，每年至少10万亿美元的收入。而你，作为技术的持有人，会尝到'富可敌国'是什么滋味。其实，'富可敌国'都显得分量不足，你会变得'富可敌球'，我们会把地球切下一瓣给你。而且这些钱是很干净的，不是卖毒品，不是卖杀人武器，而是让顾客永远拥有宝贵的生命。别说是长生不老了，即使只是把寿命延长100年、1000年，也会有多少顾客啊。我们……"

萧水寒挥挥手，截断他滔滔不绝的劝诱，然后闭上眼睛。那位G国人这时才第一次开口，说的是英语："李先生累了，先送李先生回卧室休息。等太太和令爱到达后咱们再谈吧。"

萧水寒却睁开眼，默默地打量着这个人。那人微笑着与他对视，言谈举止显示出他的威势。萧水寒突然开口了，是用西班牙语说的：

"我有一个问题能否请教？"

那人也改为西班牙语说："请讲。"

"我对某一点细节比较感兴趣。你们如何能知道我掌握了长生术？这是个藏得很好的秘密。"

那人微微一笑："我对李先生愿意竭诚相待。说穿了其实一点儿不神秘，这只是我们一次行动的副产品。5年前，我们组织内出了一个很可恶的叛徒，他为了逃避追杀，请人做了彻底的整容。为了找到他，我们不得不把G国所有著名的整容专家都打扰了一遍，当然啦，那些记忆力不好的医生免不了吃点苦头。很快，他们就把顾客整容前后的照片全交出来了。"他咧嘴笑了："可不能相信整容师关于保守秘密的保证，他们都信誓旦旦地说决不会保存顾客的照片。不，他们肯定要保存一份，以应付像这次的意外事件，这在G国是这个行当的秘规。我们根据这些照片抓到那个叛徒，按规矩把他做掉了。但很偶然的，我们在其他照片中发现一个大秘密。"

他得意地看着萧水寒，说下去："你肯定猜到了，是你整容前后的照片，即萧水寒和孙思远的照片。单是这一点算不了什么，一个中国人的整容与我们毫无关系。但我们又发现了孙思远30年前的照片，那时他是从一个叫库平的中年人变过来的。这么说，孙思远在第二次整容时至少60岁了，但那个何塞·马蒂医生却赌咒发誓说孙只有35岁，最多不过40岁。这桩事实在让我们迷惑不解，于是把调查范围又扩大一些。结果你是知道的，我们发现一个整容的接力赛，从李元龙、刘世雄、库平、孙思远到萧水寒。面容一直在改，但整容者的年龄却很奇怪地保持不变。这样，我们便意外地发现一个长生不老的中国人。他像候鸟一样，每隔30年到G国整容并更换身份，然后再返回中国。当然啦，这件事引起了我们极大的兴趣，我们请中国台湾和香港的同行帮我们进行调查，确认了这件事。就是这样。"他结束了介绍："只能说是我们运气不错罢了。"

萧水寒沉默了，良久，才喃喃地说："没有能永远保守的秘密。"又闭上眼睛。马丹诺和他的手下也不再说话，静静地等待着。少顷，门外有汽车声，然后一个年轻女人抱着一个婴儿走进屋里。

邱风眨了眨眼，让眼睛适应屋里的光线。屋里灯光明亮，七八个人分布在屋内各处，他们都是黑衣黑裤，像一群邪恶的幽灵。屋子中间的圈椅中坐着……她喊一声"水寒！"向丈夫扑过去。萧水寒立即起身，把妻子揽在怀里。一天之间，邱风变多了，目光中多了几许苦楚，几许寒意。小毳毳还在熟睡，小脸蛋上满溢着幸福的柔光，小嘴还在轻轻地咂着呢。萧水寒把妻子扶到圈椅上坐好，让她把孩子抱好，抚着她的后背，柔声安慰：

"风儿，不要怕。我已经来了，事情很快就会过去的。"

邱风苦恼地说："这都是些什么人？他们为什么要绑架我和毳毳？他们说不是为了钱，至于究竟是为什么，他们说你会亲口告诉我的。"

萧水寒叹息着："风儿，请原谅我，我并不想瞒你啊，只是不忍心告诉你。你记得毳毳满月后咱俩的一次长谈吗？那次我就要告诉你的，但最终失去了勇气。风儿，我就是那位170岁的、长生不老的李元龙啊。"

邱风瞪大眼睛，张大嘴巴，但没有声音。她就这么无声地盯着丈夫，盯了很久。丈夫低头看着她，目光中是慈爱和怜悯，也有深深的愧疚。霎时，很多东西被一下子串起来：丈夫经常说的"前生的前生的前生"；丈夫向自己求婚时说他"足以做你的长辈"；丈夫从来不向自己的奶奶喊奶奶；丈夫性格中那种超越生死的平静恬淡；丈夫在李树甲家里时那种无言的威势……当然还有最近的那次长谈。在那次谈话中，丈夫几乎把这个答案摆在面前了，只怪自己太迟钝，没有能领会到仅仅一层窗纸后的秘密。

那么，这伙人绑架自己和女儿，当然是为了从丈夫嘴里榨出长生不老的秘密。

刚才在路上那些人还鬼头怪脑地撺掇她："去，问问你丈夫，他有一件天下最珍贵的宝物，为什么一直瞒着你，不让你和毳毳共享。快求你丈夫把这个秘密交出来，你和女儿就可以平安回家啦。"她真想开口问丈夫……六七双狼眼在周围窥伺着，不，她不会质问丈夫的，丈夫这样做，肯定有他的理由。她嫣然一笑：

"水寒，不管你是谁，我都爱你。你认为该怎么做就怎么做好了，我听你的。"

蔡永文称赞道："真是一位好妻子，既漂亮又贤惠。萧先生，你难道不希望让妻子永葆青春，与她恩爱万载吗？"

萧水寒凝视着妻子娇美的面容，叹息一声，说："让她们休息去吧，我们可以进行正式的谈判了。去吧，风儿，带孩子去休息吧。"

邱风听话地抱起孩子。她扫视了一下屋内，忽然说："水寒，这是白先生的房子！"

萧水寒点点头。他早就认出来了。他曾作为刘世雄在这儿住过近30年呢。这伙绑匪的确狡猾，他们把窝点设在这儿，肯定警方料想不到。不过风儿太没经验，这句话她不该说出来的。他沉声问："我正要问呢，你们把白先生弄哪儿啦？"

蔡永文厚颜地笑着，没有回答。马丹诺忽然说话了："带萧太太去看看白先生。"

他是用英语说的。一个喽啰带邱风出去了。少顷，邱风脸色苍白地回来，愤恨地说："水寒，他们杀死了白先生，朝白先生眉心开的枪。这伙畜生！"

马丹诺平静地说："你丈夫的秘密是我们志在必得的东西。为了它，杀死几百、几千人算不了什么，必要时我们甚至会偷一颗氢弹投到哪个城

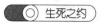

市。所以，劝劝你的丈夫，最好不要太固执。从内心讲，我们实在不愿对一位母亲和婴儿下手。"

蔡永文把他的话翻译成汉语，邱风踉跄一下，萧水寒急忙把她扶住。他回过头对蔡永文说："行了，够了，不要在女人身上耍威风了。送她们去休息，我们单独谈吧。"

屋里的话声惊醒了淼淼，她睁开眼睛，好奇地打量着周围的环境，开始轻声哭着，向妈妈索要乳汁。邱风看看四周狼一样的眼睛，一咬牙，还是迅速撩开衣服，把乳头塞到孩子嘴里。不过她心里在忐忑——乳房软瘪瘪的，不像往常那样饱胀，看来，今天所受的惊吓让她回奶了。果然，淼淼吸不到乳汁，生气地顶出乳头，以一种理直气壮的愤怒大声哭起来。邱风的泪水一下子涌了出来。

孩子的哭声在静夜中显得十分响亮。蔡永文说："萧太太不要急，我们已经准备了奶粉。"他让喽啰拿来奶粉、奶瓶和热水瓶。邱风擦擦眼泪，把淼淼交给丈夫。蔡永文不想让他们夫妻之间有接触，示意一个喽啰来接孩子，邱风愤恨地说："不许你们的脏手碰孩子！"

那个喽啰停下，询问地看着头头。马丹诺轻轻摇头，那人怒冲冲地退下了。萧水寒接过孩子，邱风去冲奶，她还没有干过这事——在此之前，她的奶水总是足够淼淼的肚量——做得笨手笨脚。淼淼在萧水寒的怀里仍大声哭着，声音开始有些嘶哑了。当爸爸的隔着襁褓能感受到女儿的体温，感受到她的柔软。他真想永远把淼淼贴在怀里啊。

奶粉冲好了，试过温凉，邱风急急地把奶瓶塞到淼淼嘴里。她立刻停止哭声，香甜地吧唧着。邱风长出一口气。但片刻之后，淼淼辨别出这不是她平常吃惯的乳房，便把奶嘴顶出来，哭得更加凶猛了。邱风的泪水又刷地涌出来，泪眼模糊地看着丈夫，但萧水寒对此也无能为力。邱风接过孩子，晃悠着，喃喃地劝慰着。毳毳的哭声已变成干嚎，绑匪们也都显得烦躁不安。蔡永文看看马丹诺，无奈地苦笑着。他们预先准备了奶粉，自以为准备已经十分周密了，但他们没料到这一节。

毳毳在肆威时，一伙绑匪只能耐着性子等待。他们都是杀人不眨眼的家伙，但这会儿没人敢得罪萧水寒和萧太太。萧水寒柔声安慰着妻子："不要紧，别着急，多喂她几次，等她饿急时就会吃了。"邱风不时把奶瓶送到孩子嘴里，但她一次又一次坚决地顶出来。一直到她哭乏了，哭声慢慢低下来，眼睛也合上了。睡梦里她仍不时地啜泣。

萧水寒把妻子送入里间，嘱咐她抓紧时间休息一会儿，千万不能先把自己累垮了，尽量让奶水恢复，毳毳在指望着她呢。邱风听话地坐到沙发上，把怀里的孩子放好，倚在靠背上闭上了眼睛。

萧水寒轻步退出来，对马丹诺说："来吧，现在咱们谈正事吧。"

萧水寒说："我之所以一直保守着长生术的秘密，是因为把它推向社会后会颠覆人类社会，造成巨大的痛苦。我的良心无法认同。不过你们插了这一杠子，倒使我容易做出决定了。好吧，我把长生术的秘密给你们。哪个科学家不愿扬名于世呢，何况还有'富可敌球'的财富？说到底，这对我个人只有好处，没有任何坏处。"

马丹诺和蔡永文互相看了一眼，蔡永文说："萧先生非常明智。我们可以向你保证，绝不会亏待你的，你将在我们的长生公司中持有30%的股权。"

"我如果想发财早就发了，那不是主要因素。我想，你们一定会带我和我的妻女离开中国去G国，对吧。"

"是这样的。"

"但这件事有一个特殊的困难。我可以把长生术的秘密告诉你们，可是，怎么验证它是真的？这至少要有10年时间。在没有验证前，你大概不会给我以自由之身吧。"

马丹诺立即说："我们会为你和你的妻女安排富比王侯的生活……"

萧水寒厌恶地说："莫要提它。我的妻子和女儿是两朵娇嫩的鲜花，如果在你们的圈子里生活10年，那里的臭气早把她们熏枯萎了。"

周围的喽啰们怒视着萧水寒。马丹诺倒没有动气，平静地问："依萧先生的意见呢？"

"很简单，放她们回去。我不会同意让妻女生活在你们的毒窟中。再说，中国的警察并没有睡觉，你们带着她们很难全身而退。可她们如果有任何意外，咱们的交易就算到头了。放她们走，我则自愿跟你们到G国去。你们不要担心我会毁约。请你们记住一点：开天辟地以来唯一有福气拥有长生的这个人，绝不会轻易把生命抛弃的。有了这点认识，你们就有了控制这个人的手段。"他微笑着，"我的分析对不对？"

马丹诺沉思了一会儿，又和蔡永文低声交换了意见。刚才，孩子的哭闹确实让他们心中发怵。如果在秘密行动时（比如偷越国境线时）再上演这一幕，那时麻烦就大了。说到底，在萧先生掌握着那件天下至宝时，没人敢对他的妻女动一指头。而且他们此时并不知道萧水寒曾自杀过，对于他们来说，一个拥有长生的人却要断然抛弃它，简直是不可思议的事。他想了想，断然说："好！萧先生是个爽快人，我们答应你的条件！"

"那好，尽快施行吧。放她们走。我可以给你一个承诺：从此我会斩断同她们的所有关系，就像我在前几个人生中做的那样。"他叹息一声，"我已经有了五个人生，现在恐怕要开始第六个人生了，一个完全不一样的人生。行啊，换点新鲜的也不错。"

邓飞一直偷偷跟着萧水寒的汽车。当萧水寒下了汽车，在立交桥边脱掉全身衣服时，邓飞正全速从他身旁冲过去。他的眼睛余光扫视到路边有一具白皙强健的躯体，十分耀眼。他在心中嘀咕一声，哪儿来的裸体主义者或者暴露狂，跑到高速公路旁来展示裸体。不过那具人体确实健美，就像古罗马的雕塑。他的汽车已经开过去了，忽然一道电光划进他的脑海。他根本来不及做任何推理，已下意识地猛打方向盘，把汽车拐到了右转弯的弯道。信号显示萧水寒的汽车还在前边四五公里之外，但他宁肯忽略这条信息而遵从自己的直觉。他急急地在立交桥上盘旋，直到回到原来那条路上。立交桥边，一辆黑色的桑塔纳刚刚开走，刚才站着裸体男人的地方扔着一堆衣服。他下车看了看，正是萧水寒的衣服。那么他没猜错，萧水寒已经不在那辆H300上了，刚才是绑匪逼萧水寒换衣服，以确保他身上是"干净"的。

他急忙上车，把油门踩到底，追上那辆黑色桑塔纳，又向龙波清做了汇报。他仍然不敢跟得太紧，以免绑匪们发现尾巴。但那辆车不比萧水寒的车，没有信号发生器可供他追踪，所以，在绑匪们第二次换车后，他被甩掉了。

不过，这时卫星上的镜头已经罩住这片区域，并判断出萧水寒最终乘坐的那辆汽车奔宝天曼方向去了。邓飞知道这个情况后，马上想到那座依

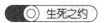

山坡而建的独立院子。他和两位跟踪者当时都尾随萧水寒到过那里。他估计，狡猾的绑匪是想在那儿建立他们的秘密窝点，这是一种巧妙的"弹坑"战术——在头一发炮弹炸出的弹坑里，一般不会再落入第二发炮弹。警方既然掌握了那儿的情况，所以在一般情况下，他们不会返回那儿。

不过，这回他们失算了。晚上，几百名武警调集完毕，悄悄向那儿集中。

"不，我不走，我要跟你在一块儿。"

"风儿……"

"你不用再劝了，我不走。"

"胡说！"萧水寒真的生气了，"看看毳毳！要是没有毳毳的话，你可以这样任性；有了毳毳，你就没有权力这样做。你抱着她跟着我们颠簸，万一有什么好歹，你不后悔吗？"

邱风低头看看怀里的孩子，泪水涌了出来。孩子还没有醒，梦中还在委屈地抽泣。邱风的心已经撕成两半，一半在毳毳身上，一半在丈夫身上。丈夫说得有道理，他们首先要保护弱小的孩子，可是，一想到要离开丈夫……萧水寒轻声安慰着：

"孩子的安全是最重要的。我这儿不用担心。这些人要的是我脑中的技术秘密，为了得到它，他们一定会把我当成上帝供养起来。当然，可能十年八年内咱们不能见面了，你耐心等着，总有一天我会回来找你们的。来，让咱们告别，你带上孩子走吧。"

马丹诺、蔡永文他们环列四周，面无表情地看着他们。邱风把孩子轻轻放到沙发上，转过头扑到丈夫怀里，用力搂着他的脖颈，疯狂地吻着他的脸、他的眼睛。她又低下头，用力咬着丈夫的肩头，泪水无声地润湿了肩头的衣服。萧水寒抚摸着她的脸颊，轻声说：

"好啦，走吧，走吧。记着，等你觉得确实安全后，给我来个电话。"他冷冷地看看马丹诺："我只有在得到你的安全信号后，才会开始与这些先生的合作。风儿，再见。"

他把妻子从怀中轻轻地、坚决地推出去。他帮妻子穿好外衣，把孩子牢牢裹在她怀里。他低头吻吻孩子的额头，毳毳恰在这时醒来，嘴角一咧，向他笑了。这波笑意在他心里很深地割了一刀，但他没有让内心感情流露出来。他再次吻了孩子，然后向蔡永文示意可以走了。两个喽啰领着邱风出了门，汽车已经备好，停在100米外的河滩地上。大灯亮着，传来汽车暖机的轻微轰鸣声。邱风在门口停下，最后看了丈夫一眼，把他的音容深深刻在心中，然后哽咽着扭头走了。萧水寒背手立在门口，虽然心中波涛翻滚，但外表却如岩石一样平静和冷漠。马丹诺一直观察着他，对他的自制力感到敬畏。

风儿：

很遗憾我们得在这种情况下告别，我只能在心里为你写这封信。可惜那晚上咱俩没能把谈话进行到底，失去的机会永远不会再回来了。

135年前，我发现了长生之秘并把它用之于自身。那是在一时冲动下做的，但自此后我就非常吝啬地守着这个秘密，未施惠于任何人，包括我曾经的结发妻子、我那时的儿子，也包括你，还有我们的矗矗。风儿你怪我吗？怪我自私和狠心吗？你不会怪我的，但你也不一定能理解此中的深意和无奈。我发现了上帝的最大秘密，但同时悟到上帝的法则。一代人的长生与后代的繁衍是水火不相容的，所以，在我取得长生的时候就庄重地许诺：我不会再生育后代；或者当我决定生育后代时候，我就要亲手结束自己的生命。这是个残忍的决定，悖于人之情理，它把取得长生的特权变成了残酷的惩罚。所以，我没有勇气把长生术再施于我的任何亲人，尤其是做母亲的人。

风儿，我们要永别了。我当然不会把长生术交给这些禽兽，他们不配得到这种恩惠。为了无辜的白先生，我会让他们付出相应的代价。我马上要亲手抛弃自己的长生了，此刻我最不能丢下的倒不是这个"人间至宝"，而是我的女儿、我的女人。我很高兴自己能有这样的心态，它表明我已经从"神"的地位又恢复到凡人了，而这正是我应该扮演的角色。永别了，我的风儿，我的矗矗。

邱风走后不久，屋里的这伙人就要动身了。这是情理之中的事，被放走的邱风已经知道这是白先生的家，他们当然不会在这儿坐等警察到来。萧水寒以平和的态度服从他们的所有安排，仅在出发前突然平静地吩咐：

"把白先生的遗体妥善埋葬，埋好我们再走。"

正要带他出门的喽啰愣住了，抬头看向两个首领。蔡永文犹豫片刻，挥挥手，让手下按萧先生说的去办。然后他用英语向马丹诺解释着，后者也没有表示异议。几个手下在山坡的软地上很快挖好坑，把尸体抬过去。萧水寒也跟过去，向白先生告别。死者的身体已经僵硬了，脸上蒙着死亡的惨白。眉心有一个很小的孔，几乎没有血迹。凝结在他脸上的表情不是恐惧或愤怒，而是惊讶。萧水寒想，当热情真诚的白先生喜悦地迎接新客人时，这伙畜生一定是不加分说就给了他一枪。白先生死不瞑目啊，他不理解人类中竟然有这样的野兽。萧水寒回到屋里拿出一床毛巾被，盖在白先生的身上，盖住他的脸。新挖的土坑带着腥气，雪层上露出的野草在寒风中瑟缩。死者被放进坑里，土一锹一锹地扔下去，墓坑很快填平了，又堆上枯枝败叶。萧水寒在墓前肃立着，向死者致哀。那伙人急着出发，但没人敢催逼他。十几分钟后他终于转过身，向汽车走去，脸色看来很平和。蔡永文一直悄悄观察着他，这会儿暗暗松了一口气。

萧水寒、马丹诺和蔡永文坐在前边的车上，一个喽啰开车，蔡永文坐在前排右位，后排上马丹诺和另一个喽啰夹着萧水寒。其余五六个喽啰坐在第二辆车上。两辆车相跟着开出山区。他们不知道，此刻龙波清、邓飞离这儿只有几十里了，而先赶到的侦察员已经隐身在房子周围，两具望远镜正罩着这儿。龙波清在车上接到报告，说绑匪们已经开始撤退，先是出来一辆车，萧太太抱着孩子上了那辆车；接着又有两辆出来了，马上要开出林区，萧先生在头一辆车上。那边的人请示要不要拦截？龙波清看看邓飞，咬着牙说："放他们走！萧先生在车上呢。不要暴露，继续保持监视。"

绑匪的两辆汽车日夜兼程向西南开去。他们不敢走海关出境，要把萧水寒从云南一个秘密路径带出国。上车后萧水寒一直在睡觉。后排座位上有三个人，他只能斜靠在座椅上睡。但他睡得很沉，鼻息绵绵细细，舒缓均匀。马丹诺不时侧脸看他，心里佩服他的定力。

他睡得很放松，还做了一连串的梦。他梦见自己是一个8岁的少年，在放学的路上，仰着脸，惊喜地看着天上的彩虹。彩虹有多大？大概有山那么大吧。彩虹的下半个圆藏在山那边吧？那么爬到山顶应该能看到下半个圆。他爬到山顶，仍然没看到下半个圆。那天，他失望地看着彩虹在夕阳中慢慢融化。也许，这件事的象征意义他在162年后才懂得：世界永远是残缺的，不会有绝对的完满。他发明了长生术，但也面临着新的残缺，新的无奈。

不过，只要母女安全，他就可以心无牵挂地了结这一生了。

手机铃声响起。蔡永文推醒他，把手机递给他："是萧太太的。"他态度温和地警告道："我想你知道，不要说不该说的话。"

萧水寒没有理他，接过手机。邱风的声音很清晰，不像是另一个世界传来的："水寒，我已经安全了，已经到家了，现在邓大哥就在我身边。水寒，你好吗？"

萧水寒平静地问："风儿，告诉我，前年夏天，咱们在青岛海滨发生过什么事情？"

那边的邱风愣了一下，旋即明白丈夫是用这种方法确认她的安全和自由。她很快答道："有一个小男孩扯脱我的乳罩，咬住我的乳头，我哭了。就是从那时开始，你改变了'不要后代'的决定。"

"有一次在天元公司的楼顶你看到了什么？那天就我们两人。"

那边稍稍停顿了一下："再次看到了彩虹，是非常罕见的双虹。水寒……"邱风哽咽了，她想到了那个非常特殊的时刻。

萧水寒笑了："很好，我放心了。我这儿很好。风儿，不要记挂我，好好活下去。"

邱风急急地说："水寒，你一定要回来！邓大哥要跟你说句话……"

身边的马丹诺迅速把手机抢走，并抛出了窗外，而后向他做了个歉然的手势。萧水寒没有生气，他伸展双臂，美美地打了一个哈欠，扭头看向车外说道："哟，已经下午了！这是什么地方？风景这么漂亮。"

车上的人沉默着，不回答他的问题。外面是山区，显然已经是南方景色了。山上是高大的榕树、樟树和粗大的野藤，道路在山坡上蜿蜒，车的右侧是深陡的山谷。山谷里水量非常充沛，水流的咆哮伴着他们的行程。夕阳的余晖洒在山顶。路上车辆很少，偶然相遇的汽车的车窗上跳动着金光。几十只鸟儿在他们的下方盘旋升腾、忽高忽低、忽聚忽散，保持着一定的队形，就像是一组节奏欢快的音符。萧水寒啧啧称赞着，又旁若无人地伸臂打了一个哈欠说："这儿真漂亮，做我的栖身之地倒也不错！"

他闪电般从座位上弹起，向前扑去，用强有力的双臂抱住司机的脑袋，喊一声："为了白先生！"咔嚓一声，司机的脑袋软绵绵地垂了下来。但司机的手还在方向盘上，拉得汽车陡然转身，狠狠撞向山崖又陡然弹回，向坡下窜过去。车上几个人的反应非常迅速，前排右侧的蔡永文立即扶住方向盘，马丹诺同时出手，意欲制止萧水寒，但他们到底晚了一步。汽车已经窜过路牙，在陡峭的山坡上碰撞着、翻滚着，直向沟底落去。它终于停下了，随之被狂暴的大火包围。

后边那辆车吱吱地刹住，半个轮子悬在路外。几个喽啰惊慌地跳下

124

车，跑到路边向下看。在深深的谷底，一团火焰正在涧水边熊熊燃烧，车上的人无疑已经没救了。后边山路转弯处又来了两辆车，他们远远看见了这儿的事故，开始减慢速度准备停下。那几个人匆匆聚在一起商量了一会儿，很快钻进车里，匆匆逃离了现场。

邱风打电话时离丈夫并不远。她是在一架直升机上，龙波清和邓飞在她身边。直升机在那两辆汽车的上空盘旋，另外还有五辆车远远地跟在后边。现在要想消灭或逮捕绑匪很容易，但萧水寒在车上，连同他大脑中那无价的珍宝，所以龙波清不敢轻易下令拦截，他们在等待机会。

毳毳也在直升机上。她可能是饿狠了，不再挑剔，就着奶瓶咕嘟咕嘟地咽着。吃饱了，她又恢复了好脾气，盯着妈妈的脸，嘴角时不时地扯动着微笑。邱风把她贴在自己的脸上，焦灼地看着机翼下的大地。为了避免绑匪发现，直升机飞得很高，在这个高度她无法分清哪辆车是丈夫乘坐的，只能看见一辆辆小小的汽车披着夕阳在路上流淌，就像是一群闪着金光的金龟子。她在心中喃喃地祈祷，希望丈夫能平安归来。

但不久就传来了噩耗。下边报告说：绑匪们的两辆汽车中的一辆摔到山沟里了，就是萧先生乘坐的那一辆。剩下的一辆现在正继续向前方逃窜。机上的人霎时间变得脸色惨白。直升机迅速降低高度，看到了山谷底部那团大火。邱风的神经崩溃了，邓飞心如刀割，简直不忍心看邱风的眼睛。龙波清的脸色阴得能拧下水，恶狠狠地咒骂着，下了命令：

"第一小组去拦截第二辆车！其余人向出事地点靠拢，尽量组织抢救！"

但他心里清楚，萧水寒在这种情况下不可能生还了，连同他大脑中无价的秘密。那辆车恐怕不会无缘无故掉到沟里，一定是萧水寒干的。他疏忽了萧水寒赴死的决心，早知如此，刚才他该冒险下令拦截的。

萧水寒并没有死。这会儿他静静地躺在离火堆有百十米的地方。汽车落崖后，第一次碰撞就把他弹出门外了。山坡上密密麻麻的枝条扯破他的衣服，挂得他遍体是伤，但也有效地减缓了冲劲儿。他的意识深深地沉在黑暗中，但不久黑暗的渊面上划过第一道亮光。在比死亡还要深的地方，一个声音轻轻呼唤着，把他的意识聚拢。

他慢慢睁开眼睛。

暮色笼罩着山谷，不远处汽车残骸冒着余光，传来人肉焚烧所特有的怪味儿，令人作呕。他浑身上下尽是尖锐的刺痛，但他小心地活动头部、双臂和双腿，没有发现骨折的迹象。他知道自己逃过了这一难，不免摇头苦笑：渴求长生、妄图"富可敌球"的几个黑道枭雄都死了，这会儿正在那个火堆里焚烧，而一心求死的人倒结结实实地活着。

他坐起来，发现自己几乎是全身赤裸，衣服只剩片片缕缕挂在身上。那是在山坡上滚动时被扯碎的。他用几分钟的时间思考自己该怎么办。他决不会改变自己对造物主的许诺，仍然准备结束自己的生命——但不是此时。此刻，当外人把死亡强加给他时，他应该像一个普通人那样去求生，去降服死神。何况他与妻女的分别太仓促了，他还要再看一眼邱风和毳毳呢。

抬头向上看，暮色已经很重了。衬着暗蓝色的天幕，还勉强能看清路径。从这儿到坡顶很远，坡度也很陡，大约有70度，但这儿总比不上宝天曼的峭壁吧。他站起来，慢慢活动活动手脚，觉得力气回到身上了。他拐到汽车残骸边看了看，轮胎上还冒着小火苗，有三个人被卡在变形的汽车里，其中蔡永文的半个身体垂挂在外面，三具尸体都已经烧得面目全非。另一个喽啰也找到了，他被抛在50米外，脖子被摔断，也早就没气了。他怜悯地看着他们，默默地为他们追悼。虽然这是些该死的家伙，而且他们的死亡正是自己造成的，但这会儿仇恨已经淡化，只余下叹息，为人类本性中的贪欲叹息。

他开始向坡顶攀登。开始时浑身酸疼，肌肉也显得僵硬，但攀了一会儿，气力和技巧都回来了，动作也恢复了敏捷从容。不久他发现了坡顶的动静，坡顶上开始聚来一大堆人，几只手电在向下面照耀，还有两双汽车大灯的灯光从头顶射向对岸。他原以为只是本地的交警闻讯赶来了，没料到邱风、邓飞和龙波清都已赶到这儿。

悬崖上边，几十个武警在绑绳索，架探照灯，然后两个扎好安全带的武警开始往下缒。就在这时，他们听到下面窸窸窣窣的声音，手电筒的光圈中，看到一个白白的身躯向上边攀来，动作十分轻灵。武警们喝着："什么人？"有人端平枪支，也有人扔过去绳索，让下边的人拉住绳头。少顷，一个赤身裸体的人借助绳索轻捷地跃到崖上，立在手电和汽车大灯的光圈中。虽然浑身血痕，但仍然玉树临风，嘴角挂着恬淡的笑意。

邱风尖声喊着："水寒，水寒！"抱着女儿扑了过去。萧水寒用强健的臂膊搂住她，吻吻她的额头，又吻吻熟睡的孩子。"风儿，我说过我会回来的，现在不是回来了吗？"他笑着说。

邱风喜极而泣，邓飞也高兴得热泪直流，而龙波清简直是大喜欲狂了。他立即下令："快，快送萧先生去医院检查，快！"他走过来亲手拉开邱风："萧太太，以后再叙谈吧，当务之急是让萧先生去医院检查。他从这么高的地方摔下去，难保没有内伤。请让开，好吗？"

邱风泪流满面，真想就这么贴在丈夫怀里，直到地老天荒。但她知道龙波清说得有道理。她哭着，笑着，恋恋不舍地离开丈夫，看着一群人把他簇拥到车里。她没想到此后就见不到丈夫了，等她终于见到丈夫时，却是最后的诀别。

第九章　死亡与永生

何一兵来到邱风奶奶那幢独立小楼时，邱奶奶正在门厅内哄毳毳。一个月前，风儿突然返回，怀里多了一个小心肝、小把戏、小天使，把她乐疯了，疼疯了。从此她就把自己的余生化成浓浓的爱意，全部浇灌到这个惹人爱怜的重孙女身上。这会儿她轻轻摇着摇篮，唱着儿歌：

> 小猫叫咪咪，
> 两眼眯眯细。
> 老鼠叫唧唧，
> 胡子尖兮兮。

　　毳毳用两手捧着奶瓶，奶已经喝空了，但她仍不时吧唧两下。她肯定听不懂老人的歌，但每当老奶奶拖长声音念到"胡子尖兮兮"时，她就要咯咯地傻笑一阵。她的笑声让老奶奶乐得直说："这小人精，你听懂了，肯定听懂了！"何一兵站在门外，笑看着一老一小的天伦之乐。邱风回来后，何一兵马上为她找了小保姆。但不久邱奶奶坚决地把保姆辞掉了，她说："那小丫头哪能照顾好毳毳？不行，我要自己来。"现在孩子发育得很好，白白胖胖的，脸色红润，像她妈一样漂亮。

　　邱奶奶看见客人，招手让他进去，小声说："风儿在睡觉，昨晚她没睡好。要不要喊醒她？"何一兵说："不用不用，我没什么事。就是来看看孩子。今天谢玲有事，本来她也要来的。"

　　邱奶奶问："水寒呢？你见到他了吗？风儿已经一个月没见他了。"

　　"我也没有。我知道他就在武汉，特意为他封闭了一个医院，保护得非常严密。"

　　"水寒是不是伤势很重？"

　　"不，听说都是皮肉外伤，早就痊愈了。我想，"他迟疑地说，"警方轻易不会放他出来的。他身上藏着的那个秘密太重大了，这会儿世界上只怕有无数个人正在打他的主意呢。上边正努力劝他交出那个秘密。北京来的特使也一直在那儿。"

　　昨天特使先生把何一兵唤去了。特使是个瘦小的老头，面相和蔼。他慢声细语地和何一兵谈了很久，谈他的公司，谈他和萧水寒的友情，谈萧水寒的神秘。最后归结到一点：萧水寒是不是曾向他透露过什么信息，关于那个长生术或者他是否了解一点儿东西。何一兵苦笑着表示确实没有。

在此之前，他们只是感觉到萧水寒不是凡人，但根本不知道他就是170岁的李元龙。特使说："这个秘密太重大，无论是放在李元龙手里还是放在天元公司都不合适。如果知道这个秘密，应该赶紧把它交出来，那才是负责的做法。何先生是个明智的人，对这件事的后果不会不清楚。已经有黑社会派来了绑架者，下一次来的恐怕就是某个国家的顶级特工了。再说，一项能造福苍生的伟大发明，如果被一个性情固执的老人带到坟墓中（萧水寒求死之心一直没变），那未免太遗憾了。"他的语调非常平和，但平和里暗含着巨大的压力。

何一兵断然说他确实不知道，确实无可奉告。他不解地问："你对我说的道理都对萧先生讲清了吗？我想你们当然讲清了。但据我与他15年的交往，萧先生绝不是不通情理的、有恋宝癖的人啊。"

特使苦笑道："当然，萧先生是一个品德高洁的人。我想，他的错误恰恰在于：他的意境是过于高远了。"

何一兵从特使那儿知道了萧水寒15年来一直深藏着的内心世界：他对造物主的庄严许诺，对长生术深层次的担心。特使说："他的担心是完全正确的，但未免太过极端。人类的哪一项发明没有副作用？但人类有足够的理智来控制它。人类文明的发展能证明这一点的，至少核大战、世界范围的细菌战、基因技术的滥用都没有在人类史上出现。如果出于对魔鬼的担心而完全放弃核技术和生物技术，那就是因噎废食了。"

特使娓娓而谈，话语中浸透着睿智。何一兵非常惶惑，从逻辑上他对特使的话相当信服，但从内心讲他更愿信服萧水寒的睿智，那是以两人15年的友谊为基础的。那么，两个智者的两种截然相反的意见，究竟哪个对呢？谈话结束了，何一兵忽然莽撞地问了一句：

"特使先生，你是不是也期盼着长生？"

特使看看他，微笑着说："当然，这是人类自古就有的愿望。在中国的福、禄、寿三星中，最受百姓欢迎的就是那位大脑门的寿星佬啊。但坦白地说，我肯定是赶不上了。即使萧先生最终交出长生之秘，但把它推向社会之前还有异常繁复的法律和技术准备工作，要对各种副作用事先做出防范，这些工作半个世纪内是无法完成的。"他开玩笑地说："所以，我将属于和平来临前战场上的最后一批死者，这真是一件非常遗憾的事。而你和邱风呢，如果赶得紧的话，也许能赶上这趟巴士，更不说小毳毳了。"

特使看看对话者的眼神，知道他已经被基本说服了，便平和地说："回去请好好想想我的话吧。另外，请尽量回忆一下，萧先生是否给你留过什么东西，比如磁介质啦，什么实物啦。有什么结果请告诉我。"

特使微笑着送他出了门。何一兵在走下台阶时忽然如遭电击，陡然收住脚步。他想起来了，萧先生确实给他留过某件东西，而且几乎肯定，他的技术秘密就藏在其中！他在台阶上愣了很久，门口的卫兵奇怪地看着他，但他最终步履迟缓地走了。可惜的是，特使先生这会儿已经转身回去，没有看到何一兵此时的表情，否则不会轻易把他放走的。

何一兵不想把这些情况告诉邱奶奶，不想让她无谓地操心。这会儿他逗着小毳毳，不禁又想起特使的话：如果萧先生交出长生之秘，小毳毳是肯定能赶上受益的。那么，她的年龄将会固定在哪一个年龄段上？如果让她永远都是小囡囡，显然不合适。也许，在长生世界里，所有人都会选择最好的年华，世上全都是15—30岁的青年人……他摇摇头，拂去自己的冥思。长生术是一个太大的剧变，那时的社会是今天无法准确描绘的，就像南方古猿无法想象今天的人类社会。邱奶奶的喊声把他从冥思中惊醒：

"何先生，何先生，你在想什么？"

他赶紧回过神，笑着说："没什么，我在想毳毳的将来呢。"

邱奶奶神秘地说："我那孙女婿真的有长生不老药吗？他真是170岁的李元龙？不过我信这事。"她肯定地说："我信。你知道不，打第一次见到他，我就觉得他不像我的孙女婿，倒像是我的长辈。他虽然对我恭恭敬敬，但他眼里、骨头里的气度是藏不住的。你看，我的眼力不差吧。"

"你老好眼力。其实，我们也一直觉得他不是凡人。"

里屋的邱风醒了，问："奶奶，你在和谁说话？"奶奶说是何先生。

"何先生，我马上就过来。"

一会儿邱风过来了，看来她昨晚确实没睡好，眼泡有些虚肿，白色的家居服裹着丰满的身躯，长发略有些散乱。她抱起孩子，很自然地撩起衣襟给孩子喂奶。生活安定后，她的奶水又恢复了。她问：

"水寒还是没有消息？一个多月了，一直不让我见他。"她苦恼地问："一兵，水寒真的要自杀吗？邓大哥说，从决定要孩子那天起，他就决定自杀，兑现对造物主的承诺。到底是怎么回事呀？"

何一兵想，这是个非常难以回答的问题啊。邱风的思想就像一道浅浅的清泉，她恐怕一时难以理解丈夫深层次的担忧。这时他听到了外面的汽车声。不一会儿，一辆汽车傍着他的汽车停下，一个老人下车向这边走来。邱风高兴地喊："邓大哥！是邓大哥来了！"她抱着孩子去迎接，埋怨着："邓大哥，你可好久没来了呀。"

邓飞讪讪地走进屋，他确实有好一阵子没来了，不是不愿来，而是没法向邱风交代。他一直在代邱风催促警方安排夫妻的见面，但直到今天才如愿。邱风和奶奶对他的到来很高兴，张罗着让座、沏茶、留饭。但何一兵对他很不感冒，冷冷地盯着他，忽然问："你们要把萧先生软禁到什么时候？"

邓飞看看他，直率地说："不是我们，是他们，是警方。我并没有插手对萧先生的'保护'。在我开始对他追踪时有完全正当的理由，那时他被怀疑与某位科学家的失踪有牵连。我并没有想到这样的结局。"

何一兵放缓了口气："我不是埋怨你，但总不能就这么不明不白地'保护'下去吧。"

邓飞叹息着："不过，警方的保护措施也是可以理解的。谁让他拥有着一个上帝级的秘密呢。匹夫无罪，怀璧其罪。他这一辈子注定不能安生了。"他转回头对邱风说："风儿，警方通知你，可以去见萧先生了。"

"真的？太好了，谢谢你！"

"你去吧，带上小毳毳。上边的意思是让你去劝他，劝他放弃自杀的打算，劝他把长生之秘交出来。至于……你自己决定吧。"

他叹息着。他不满警方对萧水寒的软禁，尤其不满他们不让邱风与丈夫见面，但他不知道该怎么做。如果把萧先生放出来，他极可能会兑现他对"造物主的承诺"，抛下邱风和毳毳，还要带走那个宝贵的秘密。究竟怎样才能扯破这个怪圈？他真的毫无办法。

邱风没有这样深沉的心机，她已经被眼前的好消息陶醉了。她欢叫着，频频地亲着孩子："毳毳，咱们要见到你爸爸了！你爸不知道该多想你呢。奶奶，我要去见水寒了！"她抱着孩子冲出屋门，又折回头，把孩子交给奶奶，自己到梳妆台前去梳妆。她不能让丈夫看到一个衣冠不整的女人啊。风奶奶抱着毳毳，也是欢喜得合不拢嘴。少顷，邱风从洗脸间出来，娇艳婀娜，与何一兵才见到的那个邱风简直不是一个人了。出门时，她想起何一兵，回头向邓飞央求："何一兵能去吗？也让他去吧，他是水寒最好的朋友啊。"

警方并没有让何一兵同去，邓飞略为犹豫，但他最终说："行啊，让他也去吧。我跟龙局长说一说，应该没问题的。何先生，你愿意去吗？"

"当然啦。衷心地谢谢你。"

"那好，走吧。"

邱风抱着孩子坐到邓飞的车上，何一兵开着自己的车跟在后边。

李元龙被软禁在一间心理实验室里。透过巨大的全景观察窗，可以看到室内只有一把固定在地上的软椅，墙壁上敷有厚厚的泡沫塑料贴层，那是防止他自杀用的。各种仪表对他的脉搏和血压等进行着遥测。

对他的软禁已经整一个月了，这件事让龙波清他们感到理屈。这明显是违犯法律的，而且对李元龙这样身份的人（在人们心目中他差不多是肉身的"上帝"了）也有失恭敬。不过，你总不能眼看着一个优秀的科学家（尤其他还握有那样重大的秘密）去自杀吧。所以，这不是软禁，只是对一位一心想自杀的精神不正常者的防范措施。

窗外的环形座位上有十几个人，这是特使先生和他带来的特别小组。李元龙正平心静气地与他们对话，这种对话已经进行十几天了。李先生的声音仍然平和邈远，就像深山传出来的古寺钟声，不带一点烟火气。

"你们问我为什么不向世人公布长生之秘，很简单，我不能把一种未经考验的技术贸然推向社会。我隐姓埋名，用135年的时间对长生这种生命形态作了严格的验证。很遗憾，我发现尽管我的体力和'本底智力'在170岁时仍能保持巅峰状态，但大脑的创造力却萎缩了，难以进行创造性思维。而创造性思维正是人类得以发展的原动力。也许，"他苦笑着说，"生死交替仍是最佳方式。"

外面的于亚航教授已经白发苍苍，是一位极负盛名的生物科学家。但在对"年轻的萧水寒"说话时，仍感到年龄加权威的压力。他毕恭毕敬地说：

"李前辈，我是读着你的书进入这个科学领域的，我真没想到竟然有幸仰望到你的容颜。但是，恕我不能同意你的观点。长生可以无限延长人的有效寿命，对人类的继续发展太重要啦。至于那些枝节问题是很容易解决的。只要人类掌握了寿命上的自由，它所带来的副作用总归能解决的。"

李元龙微笑道："如果伟大的牛顿活到20世纪并保持巅峰智力，那么，以他的权威，他能容许爱因斯坦的相对论吗？"

于教授说："人类完全可以采用一些校正的办法呀。比如，生物为了适应残酷的生存竞争，都进化出了过剩的繁殖能力，包括人类。但是，当人类因生活环境改善而大大降低了婴儿死亡率之后，人类就采用了自觉或强制避孕的办法来降低出生率，使它仍保持在一个合适的水平上。所以在现代社会中，'过剩的繁殖能力'并没让天下大乱。对于长生术所导致的

'过剩的寿命'，同样可以采用类似的办法嘛，比如，所有人在200岁后退出科学研究，至少退出科学研究的决策层。"

"既然这样，怎么'无限'延长人的有效寿命？如果具有无效寿命的'年轻人'充斥地球，怎么容纳有创造精神的后来者？不，这并不是枝节问题，是一个无法克服的固有矛盾。"他停顿一会儿说，"造物主选择生死交替，是因为它更有利于生物体的变异进化；我暂时冻结长生术，则是因为社会还没有做好必要的准备。这可能是个好的圣诞礼物，但最好我们耐心一点，还是等到圣诞节再拿出来吧；否则，在一个充满贪欲的世界上，这个人人垂涎的礼物也许能让社会崩溃。"

外面的人一时间噤声了。特使坐在后排，表情很平静，但心中已经烦躁不宁。这样的谈话进行了十几次，萧水寒，或者说是李元龙没有一点儿松动。他拒不交出长生之秘，也不放弃自杀的决定。特使估计，李元龙之所以还没有自杀，也许是想再见妻女一面。所以他一直不敢放邱风来探望丈夫。但现在已经没有别的办法了，他只好同意邱风前来。但愿妻子的劝说能让萧水寒改变主意，这已经是最后的机会了。

有人走进来低声通报，说萧太太和孩子已经来了。龙波清点点头，让她们进来。邱风一进屋就愣了，她没有料到丈夫是被关到玻璃球内，就像电影中对待凶恶的外星人。特使和龙波清过来迎接，邱风瞪着他们，眼中冒着怒火。特使理解她的愤怒，苦笑道：

"萧太太，你以为我们愿意把他关押起来？实在是不得已之举啊，李先生执意要自杀，要'履行对造物主的承诺'。我们只好采取严密的防范措施。"他叹息一声："去吧，好好劝劝他，我想，只有你和女儿能说服他活下去。"

邱风扑到玻璃屏障上，把毳毳举过头顶，嘶声喊道："水寒，不要抛弃我们！难道你舍得毳毳吗？"毳毳被惊得大哭起来，小手小脚使劲舞动着。"水寒，我不求你长生，我也不求长生，我只要你和我度过正常的人生，然后我们一块儿去死，好吗？"

液晶屏上显示，李元龙心跳加快，血压升高，显然处于一波情绪激荡中。但不管内心如何痛苦，表面上他有效地克制了。他平静地说："风儿，好好活下去，请你谅解我，我不得不履行对上帝承诺。很高兴又能见到你和毳毳，现在，我可以心无旁骛地走了。风儿，再见。可惜我不能再吻一下小毳毳。"他看见了邱风身后的何一兵，笑着说，"一兵，很高兴能再见你这一面。替我照顾好风儿，照顾好咱们的天元公司。"

毳毳仍在哭叫，邱风顾不上哄她，泪水横流而下。这会儿，她已经意识到，丈夫真的要离开他了，连她和毳毳也挡不住了。何一兵比她撑得住，强忍悲痛说："李先生，我的水寒大哥，我会记住你的嘱托。风儿，有什么话抓紧说吧。"

特使对李元龙的固执已经忍无可忍，要过话筒严厉地说："李先生，请原谅我的坦率，我想你无权把人类渴盼的长生之秘带到另一个世界，那是全人类的财产，并不属于你个人。我们不会让你自杀的，我们的医疗小组会使用一切手段维持你的生命。"

李元龙微微一笑："你不必担心，一个人的死亡不会永远垄断长生之秘。"他隔着玻璃吻吻邱风，吻吻孩子的小手，喃喃地说："别了，风儿。别了，我的毳毳。"然后他回到座位上，闭上眼，一种奇怪的笑容在他的脸上漾开。

他自语道："人类不需要不死的权威。"

液晶屏上显示他的血压陡降，呼吸忽然停止，心电曲线随即拉成一条直线。几名医生急急地冲进室内，围着李元龙忙乱地抢救。几分钟后，一名医生抬起头惊慌地报告：

"他已经死了！竟然坐化了！真不可思议。"

邱风的身体缓缓晃动一下，慢慢顺着玻璃滑了下去。邓飞和何一兵手疾眼快，一把扶住她，从她手中接过孩子，把邱风平放在地板上。特使下意识地站起来，目瞪口呆。他曾担心邱风及女儿的探望就是李元龙的毕命之日，结果他不幸言中了。这会儿他心中打翻了五味瓶：失败的沮丧，对邱风母女的怜悯，对李元龙的固执的恼怒，对他的节操的敬仰，全都混杂在一起。他看看龙波清，那人也是一脸沮丧。他们走近玻璃屏，一个医生正在掐邱风的人中，她已经开始清醒了。但室内的医生已经停止对李元龙的抢救，含愧地看着特使，看来已经没有任何希望。

毳毳在邓飞怀里。这会儿她倒不哭了，一双黑亮的眼睛滴溜溜地看着周围。特使摸摸她的小脸，叹息着交代一声："开始咱们的备用方案，对李先生的遗体进行永久保存。另外，你们照顾好李太太。"说完就离开了。他不忍心看见清醒后的邱风。随从人员鱼贯而出，龙波清想和邓飞说什么，但他最终只是苦笑一下，耸耸肩膀，低了头走出去。

大厅里，邱风"哇"的一声哭出声来。

尾声

夏天的傍晚，阵雨刚过，东边天空挂着一弯绚丽的彩虹。一辆出租车开到天元生物工程公司的大楼下，一个老人下来，踏着雨水走近那座象牙质的斯芬克斯雕像，默然仰视着。狮身人面像刚经过雨水的沐浴，晶莹洁白、光滑圆润、造型灵动，昂首啸着如血残阳。老人沉思着，从头到尾轻轻抚摸着它。

在董事长办公室里，何一兵从监视屏幕上看到老人，立即下了楼，来到办公楼前的广场："邓先生，你好。"

"你好，何董事长。"

"萧太太和孩子安排好了吗？"

"嗯，在澳大利亚的基思岛上。住在李先生生前在那儿置办的别墅里。那个岛漂亮极了。"

"她的心境怎么样？"

"她当然很难过，我想——还有些怨恨。她怪李先生非要履行这种过于残忍的'对造物主的许诺'，摧残了此生的幸福，不能同她和女儿白头到老。不过她现在已经想通了，你不必为她担心。做了母亲的女人，心理再生能力是很强的，李先生的估计没有错。再说，还有她奶奶在旁边劝慰呢。老人家很硬朗，我想，为了孤独的孙女和重外孙，她一定能活到100岁。"

"李先生的骨灰呢？"

"没有骨灰。特使早就决定对他的遗体永久保存。也许后人能……只把他的衣服火化了，在长江上撒了一部分，在邱风住的小岛周围撒了一部分。"

何一兵叹道："我曾自认是萧水寒的知交。当我知道他就是170岁的李元龙先生时，我不敢以朋友自居了。他是一个伟人，一个遗世而独立的伟人。可惜他的长生之秘未能留到人世上。"

邓飞微笑道："是很可惜，不过我们还是相信李先生的安排吧，我们谁都比不上他的远见卓识。"

何一兵邀他上楼，他说："晚上我做东，为你接风，宴席上咱们可以好好聊聊李元龙先生。"邓飞笑着辞谢了："不行，我这是从澳大利亚刚刚回来，还没回家呢。还有些琐事要办，比如向库平的同事袁工程师通报库平的下落，我答应过的。也想向青岛的纪作宾老人通报孙思远的下落，以慰解老人的牵挂。做东的事以后再说吧，以后我会是这儿的常客。"

他们寒暄后告别，并约好星期天一块去钓鱼。出租车溅着水花开走了，何一兵回到狮身人面像旁，静静伫立着。

这是李先生留下的人生之谜，是人生之交替，大道之循环。他猜想到，很可能有关长生术的高密度磁盘就藏在狮身人面像的体内，是在用基因技术造出它之前就埋下的，藏在那个百分之一比例的小斯芬克斯像中。但愿他终其一生能为李先生保存这个秘密。李先生临去世前托他照顾好邱风和天元公司，他知道，李先生那时所说的天元公司实际是暗指这座雕像。所以，李先生去世后他一直在精心守护着它，对任何来人都睁着第三只眼睛。

特使先生前天还来了武汉，约他闲聊了一会儿。只是礼节性的见面，没有再问及李先生留下的长生之秘。当然他知道，特使仍对他抱着期望。但他什么也没有透露，这是他在十几天的思考中作出的决定。守着这个天下至宝，连他自己也难免有动心的时候。谁不想获取长生？谁不想让可爱的儿女永葆青春？但想想李先生，想想这位已经成就不死之身却毅然抛却生命的哲人，何一兵很快就心静如水了。

不过有一点是他没有想到的：邓飞其实也猜到了这个秘密，并像他一样默默守护着。

后记

为了不造成读者的误解，对本文中出现的专业知识作一点说明：

1.文中的细胞凋亡酶CPP-32（APOPAIN）、RAS致癌基因、能对DNA进行修补的PARP酶等都是近代遗传学的发现，但我凭自己的想象作了一些科幻性的修正。简言之，遗传学家说致癌基因是非正常的、是在人类发展过程中才产生的致病基因，但我认为它是原始细胞固有的正常的基因，在生物进化过程上它受到抑制，但在某种条件下会复活。

读者只可姑妄听之。

2.所谓"活体约束"这个名词是我自造的，但我想从原理上说并无问题。比如，生物细胞要受所属生物体的约束，它们的凋亡速率由机体分泌的细胞凋亡酶来控制。

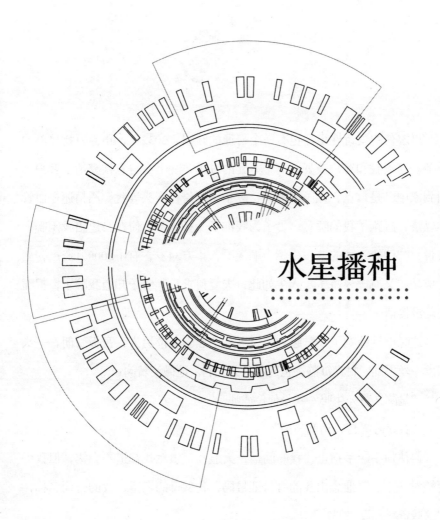

水星播种

再宏伟的史诗性事件也有一个普通的开端。2032年，正当万物复苏的季节。这天我和客户谈妥一笔千万元的订单，晚上在得意楼宴请了客户。回到家中已是11点，儿子早睡了，妻子田娅倚在床头等我。酒精还在血管中燃烧，赶跑了我的睡意，妻子为我泡了一杯绿茶，倚在身边陪我闲聊。我说："田娅，我的这一生相当顺遂呀，年方34岁，有了2000万资产，生意成功，又有美妻娇子。人生如此，夫复何求！"妻子知道我醉了，抿嘴笑着没接话。

　　这时电话铃响了，拿起听筒，屏幕上显出一位男人，身板硬朗，一头银发一丝不乱，目光沉静，也透着几分锐利。他微笑着问：

　　"是陈义哲先生吗？我是何俊律师。"

　　"我是陈义哲，请问……"

　　何律师举起手指止住我的问话，笑道："虽然我知道不会错，但我仍要核对一下。"他念出我的身份证号码，我父母的名字，我的公司名称，"这些资料都没错吧？"

　　"没错。"

　　"那么，我正式通知你，我的当事人沙午女士指定你为她的遗产继承人。沙女士是5年前去世的。"

我和妻子惊异地对看一眼："沙午女士？我不认识——噢，对了！"我突然想起来了，小时候在爸爸的客人中有这么一位女士，论起来是我的远房姑姑。她那时的年龄在40岁左右，个子矮小，独身，没有儿女，性格似乎很清高恬淡。在我孩提的印象中，她并不怎么亲近我，但老是坐在角落里静静地观察我。后来我离开家乡，再没有听过她的消息。她怎么忽然指定我为遗产继承人呢？"我想起沙午姑姑了，对她的去世我很难过。我知道她没有子女，但她没有别的近亲吗？"

"有，但她指定你为唯一继承人。想知道为什么吗？"

"请讲。"

"还是明天吧，明天请允许我去拜访你，上午9点，可以吗？好，再见。"

屏幕暗下去，我茫然地看着妻子，这个消息太突然了。妻子抿嘴笑着："义哲先生，你的人生的确顺遂呀。看，又是一笔天外飞来的遗产，没准它有几个亿呢。"

我摇摇头："不会。我知道沙午姑姑是一名科学家，收入颇丰，但仍属于工薪阶层，不会有太丰沃的遗产。不过我很感动，她怎么不声不响就看中我呢？说说看，你丈夫是不是有很多优点？"

"当然啦，不然我怎么会在50亿人中间选上你呢。"

我笑着搂紧妻子，把她抱到床上。

第二天，何律师准时来到我的公司。我让秘书把房门关上，交代下属不要来打扰。何律师把黑色皮包放在膝盖上，我想，他马上会拉开皮包，取出一份遗嘱宣读了。他没有这样做，而是轻叹道：

"陈先生，恐怕这是我一生中最困难的律师业务。为什么这样说，以后你会明白的。现在，先说说我的当事人为什么指定你继承遗产吧。"

他说："还记得你两岁时的一件事吗？那时你刚刚会说一些单音节的词。一天你父母抱着你出门玩，沙女士也陪着。你们遇到一家饭店正在宰牛，血流遍地，牛的眼睛中挂着泪珠。你们在那儿没有停留，大人们都没料到你会把这件事放到心里。回家后你一直愀然不悦，反复念叨着：刀、杀、刀、杀。你妈妈忽然明白了你的意思，说：你是说那些人用刀杀牛，牛很可怜，对不？你一下子放声大哭，哭得惊天动地，劝也劝不住。从那之后，沙女士就很注意你，说你天生有仁爱之心。"

我仔细回想，终于愧然摇头，这件事在我心中已没有一丝记忆。何律师又说："另一件事则是你7岁之后了。沙女士说，那时你有超出7岁的早熟，常常皱着眉头愣神，或向大人问一些古古怪怪的问题。有一天你问沙姑姑，为什么闭上眼睛后，眼帘上并不是空的，不是绝对的黑暗，而是有无数细小的微粒、空隙或什么东西飘来飘去，但无法看清它们。你常常闭上眼睛努力想看清，总也办不到，因为当你把眼珠对准它时，它会慢慢滑出视野。你问沙姑姑，那些杂乱的东西是什么？是不是在我们看得见的世界背后，还有一个看不见的世界？"

我点点头，心中发热，也有些发酸。童年时我为这个毫无意义的问题苦苦追寻过，一直没有答案。即使现在，闭上眼睛，我仍能看到眼帘上乱七八糟的麻点，它确实存在，但永远在你的视野之外。也许它只是瞳孔微结构在视网膜上的反映？或者是另一个世界（微观世界）的投影？现在，我已没有闲心再去探求这个问题了，能有什么意义呢？但童年时，我确实为它苦苦寻觅过。

我没想到这件小事竟有人记得，我甚至有点儿凛然而惧：一个人的一生中，有多少双眼睛在默默地观察你啊。何律师盯着我眼睛深处，微笑道：

"看来你回忆起来了。沙女士说，从那时起她就发现你天生慧根，天生与科学有缘。"

我猜度着，沙姑姑的遗产大概与科学研究有关吧，可能她有某个未完成的重要课题等待我去解决。我很感动，但更多的是苦笑。少年时我确实有强烈的探索欲，无论是磁铁对铁砂的吸引，还是向日葵朝着太阳的转动，都能使我迷醉。我曾梦想做一个洞悉宇宙奥秘的科学家，但最终却走上经商之路。人的命运是不能全由自己择定的。

"谢谢沙姑姑对我的器重。但我只是一个商人，在商海中干得还不错。我没有接受过高等教育，即使我真的有慧根，这慧根也早已枯死了。"

"没关系，她对你非常信赖，她说，你一旦回头，便可立地成佛。"他强调道，"一旦回头，立地成佛，这是沙女士的原话。"

我既感动，也有些好笑，看来这位沙姑姑是赖上我啦！她就只差说"苦海无边，回头是岸"了。不过，如果继承遗产意味着放弃我成功的商业生涯，那沙姑姑恐怕要失望了。但我仍然礼貌地等客人往下说。老于世故的何律师显然洞悉了我的心理，笑道：

"我已经说过，这是我最困难的一次律师业务。你是否接受这笔遗产，务请认真考虑后再定夺，你完全可以拒绝的。"他歉然地说，"对不起，我现在还不能宣布遗嘱的内容。遵照我当事人的规定，请你先看看这本研究笔记，如果你对它不感兴趣，我们就不必深谈了。请你务必抽时间详细阅读，这是立遗嘱人的要求。"

他从黑提包里取出一本薄薄的笔记，郑重地递给我，然后含笑告辞。

这位狡猾的老律师成功地勾起了我的好奇心，我匆匆安排了一天的工作，带上笔记本回到家中。家中没有人，我走进书房，关上门，掏出笔记本认真端详。封皮是黑色的，已有磨损，显然是几十年前的旧物。它静静地躺在我手中，就像是惯于保守秘密的沧桑老人。笔记本里究竟藏有什么秘密？

我郑重地打开它。不，没什么秘密，只是一般的研究笔记，是心得、杂记和一些实验记录。遣词用句很简练，看懂它比较困难，不过我还是认真地看下去。后来，我看到一篇短文，一篇不足千字的短文，这篇短文影响了我的一生。

生命模板

20世纪后半期，科学家费因曼和德雷克斯勒开启了纳米科学的先河。他们说，自古以来人们制造物品的方法都是"自上而下"的，是用切削、分割、组合的方法来制造。那么，为什么我们不能"自下而上"呢？可以设想制造这样的纳米机器人，它们能大量地自我复制，然后它们去分解灰尘的原子，再把原子堆砌成肥皂和餐巾纸。这时，生命和非生命、制造和成长的界限就模糊了，就互相渗透了。

这当然是一个美好的设想，可惜其中有一个重大的缺陷——当纳米机器人大量复制时，当它们把原子堆砌成肥皂和餐巾纸时，它们所需的程序指令从何而来？毫无疑问，这个指令仍是自上而下的，因此就形成宏观世界到纳米世界的信息瓶颈。这个瓶颈并非不能解决，但它会使纳米机器人大大复杂化，使自下而上的堆砌烦琐得无法进行。

有没有简便的真正自下而上的方法？有。自然界有现成的例子——生命。即使最简单的生命，如艾滋病毒、大肠杆菌、线虫、蚊子，它们的构造也是极复杂的，远远超过汽车、电视机等机器。但这些复杂体却能按DNA中暗藏的指令自下而上地建造起来。这个过程极为高效和低廉。想想吧，如果以机械的办法造出一架功能不弱于蚊子的微型直升机，需要人们做出多么艰巨的努力！付出多少金钱！而蚊子的发育呢，只需要一颗虫卵和一池污水就行了。

由于生命体的极端复杂和精巧，人们常把它神秘化，认为它只能是上帝所创造，认为生命体的建造过程是人类永远无法破译的黑箱。实际上并非如此，只要用还原论的手术刀去剖析它，就会发现它也是一种自组织过程，仅此而已。宇宙中的一切都是由自组织形成：宇宙大爆炸形成的夸克，宇宙星云中产生的星体，地球岩石圈的形成，石膏和氯化钠的结晶，六角形雪花的凝结，等等。宇宙中的四种力：强力、弱力、电磁力和引力是万能的黏合剂，是它们促使复杂组织能自发地建造。

生命也是一种自组织，不过是高层面的自组织。两者的区别在于：非生命物质自组织过程是不需要模板的，或者说它也要模板，但这种模板很简单，宇宙中无处不有。所以，太阳和100亿光年外的恒星可以有相同的成长过程；巴纳德星系的行星上如果飘雪花，它也只能是六角形，绝不会是五角形。而生命体的自组织需要复杂的模板，它们只能产生于难得的机缘和亿万年的进化。但不管怎么说，生命体的建造本质上也是一种物理过程，是由化学键（实质上是电磁力）驱使原子自动堆砌成原子团，原子团变形、拓展、翻卷，直到生命体建造出来。

想造一台微型直升机吗？假如我们找到类似蚊卵的模板（当然不需要吸血功能），让它孵化、发育……这个工作该多么简单！

不过，以蛋白质为基础的生命体有致命的弱点：它太脆弱，不耐热，不耐冻，不耐辐射，寿命短，强度低，等等。那么，能否用硅、锡、钠、铁、铝、汞等金属原子，依照生命体的建造原理，"自下而上"地建造出高强度的纳米机器，或纳米生命呢？

经过30年的摸索，我想我已制造了硅、锡、钠生命的最简单的模板。

也许我确实有科学的慧根，我马上被这篇朴实的文章吸引住了。它剖析了复杂的大千世界，轻松地抽出清晰的脉络。尤其是结尾那句简短的、平淡的宣布，纵然是外行也能掂量出它的分量。一种硅、锡、钠生命的模板！一种高强度的，完全异于现有生命形式的新生命！可以断定，我将得到的遗产肯定与之有关。

我立即打电话给何律师，直截了当地问他："何律师，那种硅、锡、钠生命是什么样子？现在在哪儿？"

何律师在电话中大笑道：

"沙女士的估计完全正确！她说你会打电话来的。还说如果你不打来电话，律师就可以中断工作了。她没看错你。来吧，我领你去，那种新型生命在她的私人实验室里。"

沙女士的实验室在城郊的一座小山坡上，是一幢不大的平房，屋内有两名工作人员正在安静地工作。何律师引我参观着各屋的设施，耐心解释着。他说，给沙女士当了10年律师，他已成半个纳米科学家啦。他领我到实验室的核心——所谓的生命熔炉。四周是厚厚的砖墙，打开坚固的隔热门，灼热的气浪扑面而来，里面是一个约有100平方米的大熔池，暗红色的金属液在其中缓缓地涌动。看不到加热装置，大概藏在熔池下面吧。透过熔池上方因高热而畸变的空气，能看到对面墙上有一面金属蚀刻像，表现的是一位相貌普通的中年女人，何律师说那就是沙午女士了。她默默俯视着下面灼热的熔池，目光慈爱，又透着苍凉，就像远古的女娲看着她刚用泥土抟成的小人。

何律师告诉我，这是些低熔点金属（锡、铅、钠、汞等）的混合熔液，其中散布着硅、铁、铬、锰、钼等高熔点物质，这些高熔点物质尺寸为纳米级，在熔液中保持着固体形态。我们的变形虫——沙女士说的新型生命——正是以这些纳米级固相原子团为骨架，俘获一些液相金属而组成的。熔池常年保持在490±85℃的范围，这是变形虫最适宜的生存环境。

"现在，看看它们的真容吧。"

他按一下按钮，侧面墙上映出图像。图像大概是用X光层析技术拍的，画面一层层透过液体金属，停在一个微小的异形体上。从色度看，它和周围的液体金属几乎难以区分，但仔细看可以看出它四周有薄膜团住。它努力蠕动着，在黏稠的金属液中缓缓地前进，形状随时变化，身后留下一道隐约可见的尾迹，不过尾迹很快就消失了。

"这就是沙女士创造的变形虫，是一种纳米机器，或纳米生命。在这个尺度的自组织活动中，机器和生命这两个概念可以合而为一了。"何律师说，"它的尺度有几百纳米，能自我复制，能通过体膜同外界进行新陈代谢。不过它吃食物只是为了提供建造身体的材料（尤其是固相元素），并不提供能量。它实际是以光为食物，体膜上有无数光电转换器，以电能驱动它体内的金属'肌肉'进行运动。"

我紧紧盯着屏幕，喃喃地说："不可思议，真是不可思议！"

"是啊，和地球上的生命完全不同。它的死亡和繁衍更离奇呢。一只变形虫的寿命只有12—16天，在这段时期，它们蠕动、吞吃、长大，然后蜷成一团，使外壳硬化。硬壳内的物质发生'爆灭'，重新组合成若干只

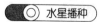

小变形虫。至于爆灭时生命信息如何向后代传递，沙女士去世前还未及弄清。"

"它们繁殖很快吗？"

"不快，金属液中的变形虫达到一定密度时，就会自动停止繁殖。我想其内在原因是合适的固相材料被耗尽了。看！快看！镜头正好捕捉到一只快要爆灭的变形虫！"

屏幕上，一只变形虫的外壳显然固化了，在周围缓缓涌动的金属液中，它的形状保持不变。片刻之后，壳体内爆发出一道电光，随之壳内物质剧烈翻动，又很快平静下来，分成4个小团。然后硬壳破裂，4只小变形虫扭转着身体，向4个方向缓缓游走。

我看呆了，心中有如黄钟大吕在震响，那是深沉苍劲的天籁，是宇宙的律动。我记得有不少科学家论述过生命的极限环境，但谁能想到，在500℃左右的金属液中，会有一种金属生命，一种不依赖水和空气的生命？这种生命模板的合成是多么艰难的事，那应该是上帝10亿年的工作，沙姑姑怎么能在几十年的研究中就把它创造出来？我瞻望着她的雕像，心中充满敬畏。何律师关上隔热门，领我回办公室。他说：

"这种生命还相当粗糙，它体内光电转换器的效率还不如普通的太阳能板呢。沙女士说，经过一代代进化后，它们也会像地球生命一样精巧，不过那肯定是几亿年以后的事了。至少在我接手后的5年里，这些慢性子的家伙们没有一点儿变化。"

我问："这是私人实验室？得不到政府的支持？"

"对，至于原因——我想你能猜到。从实用主义观点看，这种研究恐怕在几千万年内毫无价值。沙女士开始研究时，原是想创造某种能耐高温、有实用价值的纳米机器人。后来她阴差阳错地搞出了这种小变形虫，但一直没有为它找到实际用途。沙女士去世后，委托我用她的财产维持生命熔炉的运转，不过，这笔资金很快就要告罄了。"

他看看我，我看看他，我们都知道这句话的含意。沙女士留给我的，实际是一笔负资产，我一旦接下，就要向这座熔炉投入大量的资金，直到用尽家财。然后……然后该怎么办？再去寻找一个像我这样易于被感动的傻瓜？

但不管怎样，我无法拒绝。这些生命尽管粗糙，终究已脱离物质世界。它们是妙手偶得的孤品，如果生存下去，也许能复现地球生命的绚丽。我怎忍心让它们因我而死呢？童年的科学情结忽然复活了，就像是一泓春水悄悄融化着积雪。我叹口气："何律师，宣布遗嘱吧。"

"啊，不，"何律师笑道，"遵照沙女士的规定，还有第二道程序呢。请你先看完这封信吧。"

他从皮包中掏出一封封口的信，郑重地递给我。我狐疑地接过来，撕开。信笺上用手写体简单地写着两行字，其内容是那样惊世骇俗：

> 致我的遗产继承人：
> 真正的生命是不能圈养的，太阳系中正好有合适的放养地——水星。

我呆住了。我瞠目结舌，太阳穴的血管嘭嘭地跳动。那个狡猾的律师

似笑非笑地看着我，他一定料到了这封信对我的震撼。是啊，与这两行字相比，此前我看到的一切还值得一提吗？

（索拉星）

创世纪

大神沙巫创造了索拉人。沙巫神是父星之独子，住在父星第三星上，那个星球曾是蓝色的，浸在水波之中。20个4152万年前，神来到索拉星上，他见索拉星是好的，光是好的，天地是好的。神说：好的天地，焉能没有活物呢？神伸展身躯，高579亿步，从父星的熔炉里舀出热的汤液，汤液中有小的活物。他把汤液洒遍索拉星的土地。20个4152万年后，小活物长成索拉人。

沙巫神行完这件事，失去了父星的宠爱。父星发怒说：你怎么敢代我行这件事？父星用白色的光剑惩罚了蓝星，毁灭了沙巫的家。沙巫神乘神车逃离蓝星，去了父星照不到的地方。

沙巫神在索拉星上留下化身，化身沙巫睡在北极的寒冰里，躲避着父星。每隔4152万年，化身沙巫醒来，乘神车巡视索拉星。他怜悯索拉人的愚昧，把智慧吹进索拉人的眼睛和闪孔。

沙巫神告诉索拉人：

我的孩子们哪，我偏爱你们，你们有福了。我造出你们的身体比我更强壮，不怕父星的惩罚；你们以光为食，不以生命为食；你们是金属做的身子，不是泥和水做的身子；你们身上有五窍，不是九窍；你们没有雌雄之分，免去做人的原罪。你们有福了啊。

沙巫神告诉索拉人：

我把神的灵智藏在圣书里，你们什么时候能看懂它呢？看懂圣书的人就能找到极冰中的圣府，神会醒来，带你蒙受父星大的恩宠。

（水星素描）

水星是离太阳最近的行星，距太阳0.387天文单位，即5789万公里。太阳光猛烈地倾泻到水星上，使它成了太阳系最热的行星。它的白昼温度可达450℃，在一个名叫卡路里盆地的地方，最高温度曾达到973℃。由于没有大气保温，夜晚温度可低至-173℃。这个与太阳近在咫尺的星球上竟然也有冰的存在，它们分布于水星的两极，常年保持着-60℃以下的温度。

水星质量为地球的1/25，磁场强度为地球的1/100。公转周期为87.968个地球日，即1000地球年为4152水星年。水星自转周期为58.646地球日，是其公转周期的2/3，这是由于太阳引力延缓了它的自转速度，造成了一定程度的引力锁定。

水星地貌与月球相似，到处是干旱的岩石荒漠，是陨星撞击形成的环形山（卡路里盆地就是一颗大陨星撞击而成的）。地面上多见一种舌状悬崖，延伸数百公里，这种地形是由水星地核的收缩所形成的。水星的高温使一些低熔点金属熔化，聚集在凹部和岩石裂缝内，形成广泛分布的金属液湖泊。由于水星缺少氧化性气体，它们一直保持金属态。夜晚来临时，金属液凝结成玻璃状的晶体。当阳光伴随高温在58.6个地球日之后返回时，金属湖迅速开冻。

如此严酷的自然环境，毫无疑问是生命的禁区——可是，真是如此吗？

"疯了，"我神经质地咕哝道，"真的是疯了，只有疯子才这样异想天开。"

何律师安安静静地看着我："可是，历史的发展常常需要一两个疯子。"

"你很崇拜沙女士？"

"也许算不上崇拜，但我佩服她。"

我干笑着："现在我知道这笔遗产的内容了，是一笔数目惊人的负遗产。继承人要用自己的财产去维持生命熔炉的运转，维持到哪一年——天知道。不仅如此，他还要为这些金属生命寻找放生之地，一劳永逸地解决这个问题。而这么做，至少需要数百亿元资金，需要一二百年的时间。谁若甘愿接受这样的遗产，别人一定会认为他也疯了。"

何律师微笑着，简单地重复着："世界需要几个疯子。"

"那好，现在请你忘记自己的律师身份，你，我的一个朋友，说说，我该接受这笔财产吗？"

何律师笑了："我的态度你当然知道。"

"为什么该接受？对我有什么益处？"

"它使你得到一个万年一遇的机会，可以干一件前无古人的事。你将成为水星生命的始祖之一，它们会永远铭记你。"

我苦笑道："要让水星生命进化到会感激我，至少得一亿年吧，这个投资回收期也太长啦。"

何律师笑而不答。

"而且，还不光是金钱的问题。要到水星上放养生命——地球人能接受吗？毕竟这对地球人毫无益处，说不定还会给地球人增加一个竞争对手呢。"

"我相信你，相信沙女士的眼力，所有困难你都有能力、有毅力去克服。"

我像是蝎蜇似的叫起来："我去克服？你已坐定我会接受这笔遗产？"

那个狡猾的律师拍拍我的肩："你会的，你已经在考虑今后的工作啦。我可以宣读遗嘱了吧，或者，你和夫人再商量一次？"

6天后，我们举行了一个小小的正式仪式，我和妻子签字接受了这笔遗产。

我为这个决定熬煎了6天，心神不宁，长吁短叹。我告诉自己，只有疯子才会自愿套上这副枷锁，但海妖的歌声一直在诱惑着我，即使塞上耳朵也不行。40亿年前，地球海洋中诞生了第一个能自我复制的蛋白质微胞，那是个粗糙的、微不足道的东西。如果真有上帝，恐怕他也料不到，这种小玩意儿会进化出地球绚烂的生命吧。现在，由于偶然的机缘，一种新型生命投到我的翼下。它是一位女上帝创造的，它能否在水星发扬光大，取决于我的一念之差。这个责任太重了，我不敢轻言接受，也不敢轻言放弃。即使我甘愿作这样的牺牲，还有妻儿呢？我没有权力把他们拖入终生的苦役中。妻子对此一直含笑不语，直到某天晚上，她轻描淡写地说：

"既然你割舍不下，接受它不就得了。"

她说得十分轻松，就像是决定上街买两毛钱白菜。我瞪着妻子："接下它——你知道这意味着什么？"

"意味着咱俩一生的苦役。不过，如果不能按自己的意愿和兴趣去生活，活一辈子又有什么意义？我知道，如果你这会儿放弃它，老了你一定会后悔的，你会为此在良心上熬煎一生。行了，接受它吧。"

那会儿我望着妻子明朗的笑容，潸然泪下。

现在妻子仍保持着明朗的笑容，陪我接受了沙姑姑的遗产。何律师今天很严肃，目光充满苍凉。我戏谑地想，这只老狐狸步步设伏，总算把我骗入毂中，现在大概良心发现了吧。沙午实验室的两名工作人员欣喜地立在何律师身后。屋里还有一个不露面的参加人，就是沙午女士，她正待在那座生命熔炉的上方，透过因高温而抖颤的空气，透过厚厚的墙壁在看着我们，我想她的目光中一定充满欣慰。我特意请来的记者朋友马万壮则是咬牙切齿：

"疯了！全疯了！"他一直低声骂着，"一个去世的女疯子，一对年轻的疯夫妻，还有一个装疯的老律师。义哲，田娅，你们很快会后悔的！"

我宽容地笑着，没有理他。不管怎样反对，他还是遵照我的意见把这则消息捅到新闻媒体中去。我想，行这件事，既需要社会的许可，也需要社会的支持。那么，就让这个计划尽早去面对社会吧。

老马把那篇报道捅出去之后，我立即接到一位朋友的电话，他兴高采烈地说：

"我见到报道了！金属生命，水星放生，一定是愚人节的玩笑吧。"

我说："不，不是。实际上，那篇报道原来确实打算在4月1号发出，但我忽然想到4月1号是西方愚人节，于是通知报纸向后推迟4天。"

"正好推迟到4月5号啦，清明节，那这篇报道一定是鬼话喽！"

我苦笑道，慢慢放下话机。

此后舆论的态度慢慢认真起来，当然大多数是反对派。异想天开！人类的事还没办完呢，倒去放养什么水星生命！也有人宽容一些，说只要不妨碍人类的利益，人人都可干自己想干的事，只要不花纳税人的钱。

在这些争论中，我沉下心来全力投入实验室的接收工作。我以商人的精打细算，最大限度地压缩实验室的开支。算一算，我的家产能够维持它运转30年。这种生命很顽强，高温能耐受到1000℃以上，低温则可耐受到绝对零度。在温度低于320℃时，它们会进入休眠状态。所以，即使因经费使用枯窘而暂时熄灭熔炉也没什么关系，只是暂时中断这种生命的进化。

不过，我不会让生命熔炉在我手里熄灭的。我不会辜负沙姑姑的厚望。

晚上，我和妻子常常来到生命熔炉前，看那暗红涌动的金属液，或者把图像调出来，看那些蠕动的小生命。这是一些简单的粗糙的生命，但无论如何，它们已超越物质的范畴。1亿年之后，10亿年之后，它们进化到什么样子，谁能预料到呢？看着它们，我和妻子都找到一种感觉，即妻子腹中刚刚孕育一个小生命时的感觉。

老马很够朋友，为我促成一次电视辩论。"或者你说服社会，或者让社会说服你吧。"

我、妻子和何律师坐在演播厅内，面对电视台的摄像镜头，聚光灯烤得脸上沁出细汗。演播台另一边坐着7位专家，他们实际是这场道德法庭的法官，不过他们依据的不是中国刑法，而是生物伦理学的教义。台前是一百多名观众，多数是大学生。

主持人耿越笑着说："节目开始前，首先我向大家致歉，这次辩论本来应放在水星上进行的，不过电视台付不起诸位到水星的旅费。再说，如果不配置空调，那儿的天气太热了点儿。"

观众会心地笑了。

"'水星放生'这件事已是妇孺皆知，我就不再介绍背景资料了。现在，请观众踊跃提问，陈义哲先生将作出回答。"

一位年轻观众抢着问："陈先生，放养这种水星生命，这样做对人类有益处吗？"

我平静地说："目前没有，我想在一亿年内也不一定有。"

"那我就不明白了，劳神费力去做这些对人类无益的工作，为什么？"

我看看妻子和何律师，他们都用目光鼓励我，我深吸一口气说："我把话头扯远一点儿吧。要知道，生物的本质是自私的，每个个体要努力从有限的环境资源中争取自己的一份，以便保存自己，延续自己的基因。但是，大自然是伟大的魔术师，它从自私的个体行为中提炼出高尚。生物体在竞争中发现，在很多情况下合作更为有益。对于单细胞生命，各细胞彼此是敌对的。但单细胞合为多细胞生命时，体内各个单细胞就化敌为友，互相协作，各有分工，使它们（或大写的它）在生存环境中处于更有利的地位。于是，多细胞生命便发展壮大。概而言之，在生物进化中，这种协作趋势是无所不在的，而且越来越强。比如，人类合作的领域就从个体推至家庭，推至部族，推至国家，推至不同的人种，乃至人类之外的生物。在这些过程中，生命一步步完成对自身利益的超越，组成范围越来越大的利益共同体。我想，人类的下一步超越将是和外星生命的融合。这就是我倾尽家财培育水星生命的动机，我希望在那儿进化出一种文明生物，成为人类的兄弟。否则，地球人在宇宙中太孤单了！"我说："其实，在一个月前我还没有这些感悟，是沙女士感化了我。站在沙教授的生命熔炉前，看着涌动的暗红金属液中那些蠕动的小生命，我常常有做父母的感觉。"

一位中年男人讥讽地说："这种感觉当然很美妙，不过你不要为了这种感觉，而培育出人类的潜在竞争者。我估计，这种高温下生存的生命，其进化过程必定很快吧，也许1000万年后它们就赶上人类啦。"

我笑了："别忘了，地球的生命是40亿年前诞生的，如果担心地球生命竞争不过40亿年后才起步的晚辈，那你未免太不自信了吧。"

耿越说："说得对，40亿岁的老祖父，1000万岁的小囡囡，疼爱还来不及呢，哪里有竞争？"

　　大家笑起来。一位女观众问："陈义哲先生，我是你的支持者。你准备怎么完成沙女士的托付？"

　　我老实承认："不知道。至少到目前为止我还不知道。我的家产能在30年内维持生命熔炉的运转，但30年后怎么办？还有，怎样才能凑出足够的资金，把这些生命放养到水星上？我心里没有一点儿数。不管怎样，我会尽我的力量，这一代完不成，那就留给下一代吧。"

　　辩论会进行了近两个小时，7名专家或称7名法官一直一言不发，认真地听着，不时在纸上记下一两点，从表情上看不出他们的倾向性。最后，耿越走到演播台中央说："我想质询已相当充分了，现在请各位专家发表自己的意见吧。你们对水星放生这件事，是赞成、反对还是弃权？"

　　7位专家迅速在小黑板上写字，同时举起黑板，上面齐刷刷全是同样的字：弃权！听众骚动起来，耿越搔着头皮说：

　　"如此一致呀！我很怀疑7位裁判是否有心灵感应？请张先生说说，你为什么持这种态度。"

　　坐在第一位的张先生简短地说："这件事已远远超越时代，我们无法用现代的观点去评判将来的事。所以，弃权是最明智的选择。"

　　埋在索拉星北极冰层中的沙亚圣府快要露面了，透过厚厚的深绿色的极冰，已能隐约看到圣府中的微光。牧师胡巴巴进入了神灵附体的癫狂状态，向外发射着强烈的感情场，胸前的闪孔激烈地闪烁着，背诵着祷文。破冰机飞转着，一步一步向前拓展。胡巴巴俯伏在白色的冰屑中向化身沙巫遥拜，脑袋和尾巴重重地在地上叩击，打得冰屑四处飞扬。

科学家图拉拉立在他身后，不动声色地看着，助手奇卡卡背着两个背囊（那里有4个能量盒），站在他的身边。

这次的"圣府探查行动"是图拉拉促成的，他已经150岁了，想在爆灭前找到圣府——或者确认它不存在。他原想教会会极力反对，但他错了，教会的反应相当平和，甚至相当合作。他们同意这次考察，只是派了牧师胡巴巴作监督。图拉拉想，也许教会深信《圣书》的正确？《圣书》说，化身沙亚睡在北极的极冰中；《圣书》说，能看懂《圣书》的人就能找到极冰中的圣府，唤醒大神，蒙受大神的恩宠。千百年来，无数自认读懂《圣书》的信徒争着到北极去朝拜，但没有一个人活着回来。现在，教会可能想借科学的力量来证明《圣书》的正确。

想到这儿，图拉拉不禁微微一笑。近500年来科学的力量越来越强大，几乎能与教会分庭抗礼了。比如说，眼前这位虔诚的胡巴巴牧师就受惠于科学，他的尾巴上也装着一个能量盒，科学所发明的能量盒，否则，以光为食的他就不可能来到无光的北极。

这次向北极行进的路上，图拉拉看到了无数的横死者，他们是一代代虔诚的教徒，按《圣书》的教诲，沿着从圣坛伸向北极的圣绳，来寻找沙亚神的圣府。当他们逐渐脱离父星的光照后，体内能量渐渐耗竭，终于倒在路上。对于这些横死者，教会一直讳莫如深。因为，这些人死前没找到死亡配偶，没经过爆灭，灵魂不得超生，这是圣诫三罪（不得横死，不得信仰伪神，不得触摸圣坛和圣绳）中第一款大罪。但这些人又是可敬的殉教者。教会是该诅咒他们，还是该褒扬他们呢？

图拉拉决定，从北极返回时，他要把这些横死者收集起来，配成死亡配偶，让他们在光照下爆灭。图拉拉倒不是相信灵魂超生，但总不能任这些人永远暴尸荒野吧。

破冰机仍在转着，现在已经能确定前面就是圣府了，因为极冰中露出40根圣绳，在此汇聚到一块儿，向圣府延伸。圣府中射出白色的强光，把极冰耀得璀璨闪亮。牧师胡巴巴让工人暂停，他率领众人作最后一次朝拜，诚惶诚恐地祈祷着。人群中只有图拉拉和奇卡卡没有跪拜。牧师愠怒地瞪着他们，在心中诅咒着："你们这些不尊崇沙巫神的异教徒啊，神的惩罚马上要降临到你们身上！"

奇卡卡不敢直视牧师，也不敢正视自己的导师。他的感情场抖颤着，两个闪孔轻微地闪烁，像是询问自己的导师，又像是自语：难道化身沙巫真的存在？难道《圣书》上说的确实是真理？因为《圣书》说的圣府就在眼前哪。

图拉拉看到助手的动摇，佯作未见，苍凉地转过身去。他一向知道奇卡卡不是一个坚强的无神论者，常常在科学和宗教之间踟蹰。图拉拉在100年前就叛离了宗教，麾下聚集一大批激进的年轻科学家。他们坚信图拉拉在100年前提出的生物进化论，相信索拉人是由低等生物进化而来（这一点已有许多古生物遗体给出证明），坚信《圣书》上全是谎言。但是，在对宗教举起叛旗100年后，图拉拉反倒悄悄完成了《圣书》的回归。

他不相信宗教，但相信《圣书》，因为《圣书》中混杂着很多奇怪的记载，这些记载常常被后来的科学发展所确证。比如，《圣书》上说：索拉星是父星的第一星，蓝星是父星的第三星。这些圣谕被人们吟哦了数千年，从不知是什么含义。直到望远镜的出现刺激了天文学的发展，科学家才知道，索拉星和蓝星都是父星的行星，而其排列顺序完全如《圣书》所言！

又比如，《圣书》规定了索拉星的温度标定，以水的凝结温度为0度，水的沸腾温度为100度。可是，索拉星生命在几亿年的进化中从没有接触过水！只是在近代，科学家才推定在南北极有极冰存在。那么，《圣书》中为什么做这种规定，这种规定又是从何而来呢？

难道真有一个洞察宇宙，知过去未来的大神吗？

还有，索拉星赤道附近的20座圣坛，也一直是科学家的不解之谜。在那些圣坛上，黑色的平板永不疲倦地缓缓转动，永远朝着父星的方向。每座圣坛都有两根圣绳伸出来，一直延伸到不可见的北方。《圣书》上严厉地警告，索拉人绝不能去触碰它，不遵圣诚的人会被狠狠击倒，只有伏地忏悔后才能复苏。图拉拉不相信这则神话，他觉得圣坛中的黑色平板很可能是一种光电转换器，就如索拉人的皮肤能进行光电转换一样。问题是，是谁留下

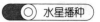

这些技术高超的设备？以索拉人的科学水平，500年后也无法造出它！

正是基于这个信念，他才尽力促成了对圣府的考察。现在已经可以确认圣府的存在了，《圣书》上那个神秘缥缈的圣府已经明明白白地摆在眼前。如果化身沙巫真的住在这里……图拉拉迫不及待地想见到他。

最后一层冰墙轰然倒塌，庄严的圣府豁然显现。这是一个冰建的大厅，厅内散射着均匀的白光，穹顶很高，厅内十分空旷，没有什么杂物，只有大厅中央放着一辆——神车！《圣书》上提到过它，无数传说中描绘过它，3120年前的史书中记载过它。这正是化身沙巫的坐骑呀。神车上铺着黑色的平板，与圣坛上的平板一模一样。下面是四个轮子。神车上方是透明的，模样奇特的化身沙巫斜躺在里面。

化身沙巫真的在这里！洞外的人迫不及待地涌进去。以胡巴巴为首，众人一齐俯伏在地，用脑袋和尾巴敲击着地面，所有人的闪孔都在狂热地祷告着："至上的沙巫大神，万能的化身沙巫，你的子民向你膜拜，请赐福给我们！"

跪伏的人群包括图拉拉的助手，似乎奇卡卡的祷告比别人更狂热。只有图拉拉一人站立着。众人合成的感情场冲击着图拉拉，他几乎也不由想俯伏在地，但他终于抑制住自己，快步上前，仔细观看化身沙巫的尊容。

167

化身沙亚斜倚在神车内，模样奇特而庄严。他与索拉人既相似又不相似，他也有头，有口，有胳臂和双手，有双眼，有躯干；但他的尾巴是分叉的，分叉尾巴的下端也有指头。他身上有5处奇怪的凸起：脑袋正前方有一个长形凸起，其下有两孔；脑袋两侧两个扁形凸起，各有一孔；两条尾巴开始分叉的地方各有一个柱形凸起，上面有一个孔。胸前没有闪孔。图拉拉惊讶地想，没有传递信息的闪孔，沙亚们如何互相交谈？他们都是哑人吗？不过把这个问题先放放吧。他现在要先验证《圣书》上最容易验证的一条记载。他仔细数了沙亚身体上的孔窍，没错，确实是九窍，而不是索拉人的五窍。

《圣书》又对了啊。图拉拉呆呆地立着，心中又惊又喜。

他又仔细观察神车内部。车前方放着一个金制的塑像，塑像只有半身，与沙亚神一样，头部有七窍，不过这尊塑像的头上有长毛，相貌也显然不同。这是谁？也许是沙亚神的死亡配偶？他忽然看到更令人震惊的东西，一本《圣书》！《圣书》是崭新的，但封面的字体却是古手写体，是3000年前索拉先人使用的文字。在图拉拉的一生中，为了击败教会，他曾认真研究过《圣书》，对《圣书》的渊源、版本和讹误知之甚清。他一眼看出这是第二版《圣书》，刊行于3120年前。这版《圣书》现在已极为罕见。

胡巴巴也看到了《圣书》，他的祈祷和跪拜也几近癫狂。等他抬起头，看见图拉拉已经打开车门，捧住《圣书》，胡巴巴立即从闪孔射出两道强光，灼痛了图拉拉的后背。图拉拉惊异地转过身，胡巴巴疯狂地喊道：

"不许渎神者触摸《圣书》！"他挤开科学家，虔诚地捧起《圣书》，恶狠狠地说："现在你还敢说神不存在吗？你这个渎神者，大神一定会惩罚你的！"他不再理会图拉拉，转向众人说："我要回去请示教皇，把沙巫神的圣体迎回去。在我回来之前，所有人必须离开圣府！"

他捧着《圣书》领头爬出去，众人诚惶诚恐地跟在后面。奇卡卡负疚地看看自己的老师，低下脑袋，最终也去了。胡巴巴走到洞口时，看到留在洞中的科学家，便严厉地说：

"你，要离开圣府。化身沙巫不会欢迎一个渎神者。"

图拉拉不想与他争执，他的闪孔平和地发射着信息："你们回去吧，我不妨碍你们，但我要留在这里……向化身沙巫讨教。"

胡巴巴的闪孔中闪出两道强光："不行！"

图拉拉讥讽地说："胡巴巴牧师的脾气怎么大起来啦？不要忘了，你是在科学的帮助下才找到圣府的。如果你逼我回去，那就请把你尾巴上的能量盒取下来吧，那也是渎神的东西，《圣书》从未提到过它。"

牧师愣住了，他想图拉拉说得不错，《圣书》的任何章节中，甚至宗教传说中，都从未提到过这种能量盒。它是渎神者发明的，但它非常有用，在这无光的极地，没有了能量盒，他会很快脱力而死，而且是不得转世的横死。他不敢取掉能量盒，只好狂怒地转过身，气冲冲地爬走了。

那次电视辩论之后的晚上，何律师在我家吃了晚饭。席间他告诉我："义哲，你实际已经胜利了，对这件事，法律上的'不作为'就是默认和支持。现在没人阻挡你了，甩开膀子干吧。"

他完成了沙午姑姑的托付，心情十分痛快，那晚喝得酩酊大醉，笑嘻嘻地离开。这时电话铃响了，拿起话机，屏幕上仍是黑的，那边没有打开屏幕功能。对方问：

"你是陈义哲先生吗？我姓洪，对水星放生这件事有兴趣。"

他的声音沙哑干涩，颇不悦耳，甚至可以说，这声音引起我生理上的不快。但我礼貌地说：

"洪先生，感谢你的支持。你看了今天的电视节目？"

对方并不打算与我攀谈，冷淡地说："明天请到寒舍一晤，上午10点。"他说了自己的住址，随即挂断电话。

妻子问我是谁来的电话，说了什么，我迟疑地说："是一位洪先生，他说他对水星放生感兴趣，命令我明天去和他见面。没错，真的是命令，他单方面确定了明天的会晤，一点儿也不和我商量。"

我对这位洪先生印象不佳，短短的几句交谈就显出他的颐指气使。不仅如此，他的语调还有一种阴森森的味道。但是……明天还是去吧，毕竟这是第一个向我表示支持的陌生人。

后来我才知道，我这个勉强的决定是多么正确。

洪先生的住宅在郊外，一处相当大的庄园。庄园历史不会太长，但建筑完全按照中国古建筑的风格，飞檐斗拱，青砖青瓦，曲径小亭。领我进去的仆人穿一身黑色衣裤，态度很恭谨，但沉默寡言，意态中透着一股寒气。我默默地打量着四周，心中的不快更加浓了。

正厅很大，光线晦暗，青砖铺的地面，其光滑不亚于水磨石地板。高大的厅堂没有什么豪华的摆设，显得空空落落。厅中央停着一辆助残车，一个50岁的矮个儿男人仰靠在车上。他高度残疾，驼背鸡胸，脑袋缩在脖子里，五官十分丑陋，令人不敢直视。腿脚也是先天畸形，纤细羸弱，靠在轮椅上。领我进屋的仆人悄悄退出去。我想，这位残疾人就是洪先生了。

我走过去，向主人伸出手。他看着我，没有同我握手的意思，我只好尴尬地缩回手。他说：

"很抱歉，我是个残疾人，行走不便，只好麻烦你来了。"

话说得十分客气，但语气仍十分冷硬，面如石板，没有一丝笑容。在他面前，在这个晦暗的建筑里，我有类似窒息的感觉。不过我仍热情地说：

"哪里，这是我该做的。请问洪先生，关于水星放生那件事，你还想了解什么情况？"

"不必了，"他干脆地说，"我已经全部了解。你只用告诉我，办这件事需要多少资金。"

我略为沉吟："我请几位专家做过初步估算，大约为200亿元。当然，这是个粗略的估算。"

他平淡地说："资金问题我来解决吧。"

我吃了一惊，心想他一定是把200亿错听为200万了。当然，即使是200万，他已是相当慷慨。为了不伤他的自尊心，我委婉地说：

"太谢谢你了！谢谢你的无比慷慨。当然，我不奢望资金问题一下子全部解决，200亿的天文数字啊，可不是200万的小数。"

他不动声色地说："我没听错，200亿，不是200万。我的家产不太够，但我想，这些资金不必一步到位吧。如果在10年内逐步到位，那么，加上10年的增值，我的家产已经够了。"

我恍然悟到此人的身份：亿万富翁洪其炎！这是个很神秘的人物，早就听说他高度残疾，相貌丑陋，所以从不在任何媒体上露面，能够见到他的只有七八个亲信。他的口碑不是太好，听说他极有商业头脑，有胆略，有魄力，把他的商业帝国经营得欣欣向荣，但手段狠辣无情，常常把对手置于死地。又说他由于相貌丑陋，年轻时没有得到女人的爱情，滋生了报复心理。几年前他曾登过征婚启事，应征女方必须夜里到他家见面，第二天早上再离开，这种奇特的规定难免会使人产生暧昧的猜想。后来，听说凡是应征过的女子都得到一笔数目不菲的赠款，这更使那些暧昧的猜想有了根据。不过这些猜想很可能是冤枉了他。应征女子中有一位年轻漂亮的女律师，大概是姓尹吧，她是倾慕洪其炎的才华而非他的财产。据说她去了后，主人与她终夜相对，不发一言，也没有身体上的侵犯。天明时交给她一笔赠款，请她回家，尹律师痛痛快快地把钱摔到他脸上。不过，这个举动倒促成了二人的友谊，虽说未成夫妻，但成了一对不拘形迹的密友。

虽说他是亿万富翁，但这种倾家相赠的慷慨也令我心生疑窦，关于他的负面传说更增加了疑虑的分量。也许他有什么个人打算？也许他因不公平的命运而迁怒于整个人类，想借水星放生实行他的报复？虽然一笔200亿的资金是万年难求的机缘，但我仍决定，先问清他有没有什么附加条件。

洪先生的锐利目光看透我的思虑——在他面前，我常常有赤身裸体的感觉，这使我十分恼火。他平淡地说：

"我的赠款有一个条件。"

我想，果然来了，便谨慎地问："请问是什么条件？"

"我要成为放生飞船的船员。"

原来如此！原来就这么一个简单的要求！我不由得看看他的腿，心中刹那间产生强烈的同情，过去对他的种种不快一扫而光。一个高度残疾者用200亿去购买飞出地球的自由，这个代价太高昂了！这也从反面说明，这具残躯对他的桎梏是多么残酷。我柔声说：

"当然可以，只要你的身体能经受住宇航旅行。"

"请放心，我这架破机器还是很耐用的。请问，实现水星放生需多长时间？"

"很快的，我已经咨询过不少专家，他们都说，水星旅行在技术上没有太大的难点，只要资金充裕，15年至20年就能实现。"

他淡淡地说："资金到位不成问题，你尽量加快进度吧，争取在15年之内实现。这艘飞船起个什么名字？"

"请你命名吧。你这样慷慨地资助这件事，你有这个权利。"

洪先生没推辞："那就叫'姑妈号'吧。很俗气的一个名字，对不？"

我略为思索，明白了这个名字的深意：它说明人类只是水星生命的长辈而非父母，同时也暗含着纪念沙姑姑的意思。我说："好！就用这个名字！"

他从助残车的袋里取出一本支票簿，填上5000万，背书后交给我："这是第一笔启动资金，尽快成立一个基金会，开始工作吧！对了，请记住一点，飞船上为我预留一辆汽车的位置，就按加长林肯车的尺寸。我将另外找人，为我研制一个适合水星路面的汽车。"他微带凄苦地说："没办法，我无法在水星上步行。"

我柔声说："好的，我会办到。不过……"我迟疑着："可以冒昧地问一下吗？你倾尽家财以放养水星生命，是为了什么？只是为了到水星一游吗？"

他平淡地说："我认为这是件很有趣味的事，我平生只干自己感兴趣的事。"他欠欠身，表示结束谈话。

从此，洪先生的资金源源不断地送来。激情之火浇上金钱之油，产生了惊人的工作效率。当年年底，已经有1.5万人在为"姑妈号"飞船工作。对水星放生这件事，社会上在伦理意义上的反对一直没有停止，但它始终没有对我们形成阻力。

洪先生从不过问我们的工作。不过，每月我都要抽时间向他汇报工作

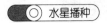

进度，飞船方案搞好后，我也请他过目。洪先生常常一言不发地听完，简短地问：

"很好。资金上有什么要求？"

按洪先生要求，我对他的资助严格保密，只有我妻子和何律师知道资助人的姓名。当然实际上是无法保密的，"姑妈号"飞船需要的是数百亿元资金，能拿得出这笔资金的个人屈指可数，再加上洪先生不断拍卖其名下的产业，所以，这件事不久就成了公开的秘密。

"姑妈号"飞船有条不紊地建造着，到第二年，当我去洪先生家时，总是与一位漂亮的女人相遇。她有一种恬淡的美貌，就像薄雾笼罩着的一枝水仙，眉眼中带着柔情。她就是那位尹律师。她与洪先生的关系显然十分亲近，一言一行都显出两人很深的相知。不过，毫无疑问，两人之间是纯洁的友情，这从尹律师坦荡的目光可以确认。

尹律师已经结婚，有一个3岁的儿子。

在我向洪先生汇报进度时，他没有让尹律师回避。显然，尹律师有资格分享这个秘密。谈话中，尹律师常常嘴角含着微笑，静静地听着，偶尔插问一句，多是关于飞船建造的技术细节。我很快知道了这种安排的目的——是她负责建造洪先生将要乘坐的水星车。

那天尹律师单独到我办公室。这是我第一次单独与她会面。我请她坐下，喊秘书斟上咖啡，一边忖度着她的来意。尹律师细声细语地说：

"我想找你商量一下飞船建造的有关技术接口。你当然已经知道，我在领导着一项秘密研究，研制洪先生在水星上使用的生命维持系统。"

我点点头。她把水星车称作"生命维持系统"没有使我意外。要想在没有大气、温度高达450℃、又有强烈高能辐射的水星上活动，那辆车当然也可称作生命维持系统。但尹律师下面的话无疑是一声晴天霹雳，她说：

"准确地说，其主要部分是人体速冻和解冻装置。"

我从沙发上跳起来，震惊地看着她。洪先生要人体速冻装置干什么？在此之前，我一直把洪先生的计划看成一次异想天开的、挑战式的旅行，不过毫无疑问是一次短期旅行。但——人体速冻和解冻装置！

在我震骇的目光中，尹律师点点头："对，洪先生打算永远留在水星上，看守这种生命。他准备把自己冷冻在水星的极冰中，每1000万年醒一次，每次醒一个月，乘车巡查这种生命的进化情况，一直到几亿年后水星进化出'人类'文明。"

我们久久地用目光交换着悲凉，我喃喃地说："你为什么不劝他？让他在水星上独居几亿年，不是太残忍吗？"

她轻轻摇头："劝不动的，如果他能被别人劝动，他就不是洪其炎了。再说，这样的人生设计对他未尝不是好事。"

"为什么？"

尹律师叹息一声："恐怕没有人比我更了解他了。命运对他太不公平，给了他一个无比丑陋残缺的身体，偏偏又给他一个聪明过人的大脑。畸形的身体造就了畸形的性格。他心理阴暗，对所有正常人怀着愤懑；但他的本质又是善良的，天生具有仁爱之心。他是一个畸形的统一体，仁爱的茧壳箍着报复的欲望。他在商战中的砍伐，他在征婚时对应征者的戏弄，都是这种矛盾心态的反映。不过这些报复都是低度的，是被仁爱之心冲淡过的。但是，也许有一天，报复的欲望会冲破仁爱的封锁，那时……他本人深知这一点，也一直怀着对自身的恐惧。"

"对自身的恐惧？"我不解地看看她。她点点头，肯定地说："没错，他对自身阴暗一面怀着恐惧，连我都能触摸到它。他对水星放生的慷慨资助，多少是这种矛盾心态的反映。一方面，他参与创造了一种新的生命，满足了他的仁爱之心；另一方面，对人类也是个小小的报复吧。想想看，当他精心呵护的水星生命进化出文明之后，水星人肯定会把洪其炎的残疾作为标准形象，而把正常地球人看成畸形。对不？"

虽然心情沉重，我还是被这种情景逗得破颜一笑。尹律师也漾出一波笑纹，接着说：

"其实，想开了，他对后半生的设计也是蛮不错的嘛——居住在太阳近邻，与天地齐寿，独自漫步在水星荒原上，放牧着奇异的生命。每次从长达1000万年的大梦中醒来，水星上的生命都会有预想不到的变化。彻底摒弃地球上的陈规戒律、庸俗琐碎、浑浑噩噩。有时我真想抛弃一切，抛弃丈夫和孩子，陪伴他到地老天荒——可是我做不到，所以我永远是个庸人。"她的语气中透着凄凉。

这件事让我心头十分沉重，甚至有说不清道不明的愤懑，只是不知道愤懑该指向谁。但我知道多说无益。我回想到，洪先生是在看过那次电视辩论仅仅两小时内就作出了倾家相赠的决定。这种性格果决的人，谁能劝得动呢。我闷声说："好吧，就成全他的心愿吧。现在咱们谈谈技术接口。"

第二天我和尹律师共同去见他，我们平静地谈着生命维持系统的细节，就像它是我们早已商定的计划。临告辞时，我忍不住说：

"洪先生，我很钦佩你。在我决定接受沙姑姑的遗产时，不少人说我是疯子。不过依我看，你比我疯得更彻底。"

洪先生难得地微微一笑："谢谢，这是最好的夸奖。"

众人走了，圣府大厅中只留下图拉拉。没有了恼人的喧嚣，他可以静下心来同化身沙亚交谈了，心灵上的交谈。他久久地瞻望着化身沙亚奇特的面容，心中充满敬畏。圣府找到了，化身沙亚的圣体找到了。牧师及信徒们喜极欲狂。不过，他们错了。化身沙亚的确存在，他也的确是索拉生命的创造者。但他不是神，而是来自异星的一个科学家。图拉拉为之思考多年，早就得出了这个结论。在他对化身沙亚的敬畏中，含着深深的亲近感。科学家的思维总是相通的，不管他们生活在宇宙的哪个星系，都使用同样的数字语言，同样的物理定律，同样的逻辑规则。所以他觉得，在他和化身沙亚之间，有着深深的相契。

他已经将出化身沙亚的来历及经历：他来自父星系第三星（蓝星），是20个4152万年前来的（为什么是有零有整的4152万年？他悟到，4152万个索拉星年恰恰等于1000万个蓝星年，沙亚是按母星的纪年方式换算过来）。那时他创造了一种新型的与蓝星生命完全不同的生命——并不是创造了索拉人，而是一种微生命——将它撒播在索拉星上，然后把进化的权杖交还给大自然。为了呵护自己创造的生命，化身沙亚离开母星和母族，在索拉星的极冰中住了20个4152万年。不可思议的漫长啊。当他独自面对蛮荒时，他孤独吗？当他看着微生命缓慢地进化时，他焦急吗？当他终于看到索拉星生命进化出文明生物时，他感到欣喜吗？

从他神车中有3000年前的《圣书》来看，他大约在3000年前醒来过，那时他肯定发现索拉人有了二进制语言，有了文字。但那时的索拉人还很愚昧，被宗教麻木心灵。他无法以科学来启发他们的灵智，只好把一些有用的信息藏在《圣书》里，以宗教的形式去传播科学。

《圣书》说，只要看懂《圣书》，就能找到圣府，那时，化身沙巫就会醒来，带索拉人去蒙受父星大的恩宠——什么"大的恩宠"？一定是一个浩瀚璀璨的科学宝库，索拉人将在一夕间跃升几万年、几十万年，与神（化身沙巫）们平起平坐。

这个前景使图拉拉非常激动，开始着手寻找化身沙巫留下的交代。化身沙巫既然在《圣书》中邀请索拉人前来圣府，既然答应届时醒来，那他肯定留下了唤醒他的办法。图拉拉寻找着，揣摩着，忽然发现了一个秘密的冰室。门被冰封闭着，但冰层很薄，他用尾巴打破冰门，小心地走进去。冰室里堆着数目众多的圆盘，薄薄的，有一面发着金属的光泽。这是什么？他凭直觉猜到，这一定是化身沙巫为索拉人预备的知识，但究竟如何才能取出这些知识，他不知道，绞尽脑汁也想不出来。这不奇怪，高度发展的技术常常比魔术更神秘。

但墙上的一幅画他是懂得的，这是幅相当粗糙的画，估计是化身沙亚用手画成。画的是一个索拉人，用手指着胸前的两个闪孔。画旁有一个按钮，另有一个手指指着它。图拉拉对这幅画的含意猜度了一会儿，下决心按下这个按钮。

他的猜测是正确的，墙上的闪孔立即开始闪烁，明明暗暗。图拉拉认真揣摩着，很快断定，这正是二进制的索拉人语言。闪烁的节奏滞涩生硬，而且，其编码不是索拉人现代的语言，而是3000年前的古语言，但不管怎样，图拉拉还是尽力串出它所包含的意义。

"欢迎你，索拉人，既然你能来到无光的北极并找到圣府，相信你已经超越蒙昧。那么，我们可以进行理智的交谈了。"

巨大的喜悦像日冕的爆发，席卷他的全身。他终生探求的宝库终于开启了。那边，闪孔的闪烁越来越熟练，一个10亿岁的睿智老人在同他娓娓而谈，他激动地读下去。

"我就是《圣书》中所说的化身沙亚，来自父星系的蓝星。20个4152万年前，蓝星系的科学家创造了一种全新的生命，我把它撒到水星上，并留下来照看它们的成长。我看着它们由单胞微生物变成多胞生物，看着它们离开金属湖泊登陆，看着它们从无性生物进化出性活动（爆灭前的配对），看着它们进化为有智慧的索拉人。这时我觉得，10亿年的孤独是值得的。

"我的孩子们哪，索拉人的进步要靠你们自己。所以，这些年来我基本没干涉你们的进化，只是在必要时稍加点拨。现在，你们已超越蒙昧，我可以教你们一些东西了。你们如果愿意，就请唤醒我吧。"

下面他介绍唤醒自己的方法。他的苏醒必须按照严格的程序，稍有违犯，就会造成不可逆的死亡。图拉拉这才知道，神圣的沙巫种族其实是一种极为脆弱的生命。他们须臾离不开空气，否则会憋死。他们还会热死、冻死、淹死、饿死、渴死、病死、毒死……可是，就是这么脆弱的生命，竟然延续数十亿年，并且创造出如此先进的科技！图拉拉感慨着，认真地读下去。他真想马上唤醒这位10亿岁的老人，对于索拉人来说，他可以被称作神灵了。

他忽然感到一阵晕眩，知道是能量盒快耗尽了。他爬过去找自己的背囊，那里应该有4个能量盒。但是背囊是空的！图拉拉的感情场一阵战栗，恐慌向他袭来。面前这个背囊是奇卡卡的，肯定是奇卡卡把自己的背囊带走了。他当然不是有意害自己，只是，在刚才的宗教狂热中，奇卡卡失去了应有的谨慎。

该怎么办？大厅中有灯光，但光量太弱，缺少紫外光以上的高能波段，无法维持他的生命。看来，他要在沙巫的圣府里横死了。

《圣书》中有严厉的圣诫：索拉人在死亡前必须找到死亡配偶，用最后的能量进行爆灭，生育出两个以上新的个体。不进行爆灭的，尤其是死后又复苏的，将为万人唾弃。其实，早在《圣书》之前，原始索拉人就建立了这条伦理准则。这当然是对的，索拉人的躯体不能自然降解，如果都不进行爆灭，那索拉星上就没有后来者的立足之地了。

横死的索拉人很容易复生（只需让他接受光照），但图拉拉从没想过自己会干这种乱伦的丑事。不过，今天他不能死！他还有重要的事去办，还要按沙巫的交代去唤醒沙巫，为索拉人赢得"大的恩宠"，他怎么能在这时死去呢。头脑中的晕眩越来越重，已经不能进行有效的思考了，他必须赶紧想出办法。

他在衰弱脑力许可的范围内，为自己找到一个办法。他拖着身躯，艰难地爬到厅内最亮的灯光之下。低能光不能维持他的生存，但大概能维持一种半生半死的状态。他无力地倒下去，但他用顽强的毅力保持着意识不致沉落。闪孔里喃喃地念诵着：

"我不能死，我还有未了之事。"

2046年6月1日，在我接受沙午姑姑遗产的第14年后，"姑妈号"飞船飞临水星上空，向下喷着火焰，缓缓地落在水星的地面上。

巨大的太阳斜挂天边，向水星倾倒着强烈的光热。这儿能清楚地看到日冕，它们向外延伸至数倍于太阳的外径。在太阳两极处的日冕呈羽状，赤道处呈条状，颜色淡雅，白中透蓝，舞姿轻盈，美丽惊人。水星的天空没有大气，没有散射光，没有风和云，没有灰尘，显得透明澄澈。极目之中，到处是暗绿色的岩石，扇状悬崖延伸数百公里，就像风干杏子上的褶皱。悬崖上散布着一片片金属液湖泊，在阳光下反射着强烈的光芒。回头看，天边挂着的地球清晰可见，它蓝得晶莹，美丽得如一个童话。

这个荒芜而美丽的星球将是金属变形虫们世世代代的生息之地。

我捧着沙姑姑的遗像，第一个踏上水星的土地。遗像是用白金蚀刻的，它将留在水星上，陪伴她创造的生命，直到千秋万代。舱内起重机缓缓放着绳索，把洪先生的水星车放在地面上。强烈的阳光射到暗黑色的光能板上，很快为水星车充足能量。洪先生掌着方向盘，把车辆停靠在飞船侧面。他的头发已经花白，脸色仍如往常一样冷漠，但我能看出他内心的激动。

洪其炎是飞船上的秘密乘客，起飞前他已经"因心脏病突发，抢救无效而去世，享年64岁"。我们发了讣告，举行了隆重的葬礼，社会各界都一致表示哀悼。虽然他是个怪人，虽然他支持的"水星放生"行动并没得到全人类的认可，但毕竟他的慷慨和献身令人钦服。现在，他倾力支持的"姑妈号"飞船即将起飞，而他却在这个时刻不幸去世，这是何等的悲剧！而其时，洪先生连同他的水星车已秘密运到飞船上。洪先生说：

"这样很好，让地球社会把我彻底忘却，我可以心无旁骛，留在水星上干我的事了。"

飞船船长柳明少将指挥着，两名船员抬着一个绿色的冷藏箱走下舷梯。里面是20块冷凝金属棒，那是从沙午姑姑的生命熔炉中取出的，其中藏着生命的种子。飞船降落在卡路里盆地，温度计显示，此刻舱外温度是720℃。宇航服里的太阳能空调器嗡嗡地响着，用太阳送来的光能抵抗着太阳送来的酷热。如果没有空调，别说宇航员了，连那20块金属棒也会在瞬间熔化。

5名船员都下来了，马上开始工作。我们打算在一个水星日完成所有的工作，然后留下洪先生，其余人返回地球。5名船员将在这儿建一些小型太阳能电站，通过两根细细的超导电缆送往北极。电缆是比较廉价的钇钡铜氧化物，只能在-170℃以下的低温保持超导性，不过这在水星上已足以胜任了。白天，太阳能电站转换的电量将就近储存在蓄电瓶内；晚上，当气温降到-170℃以下时，电源便经超导电缆送到遥远的极地。在那儿它为洪先生的速冻和解冻提供能源。至于每个复苏周期中那长达1000万年的冷藏过程，则可以由-60℃的极冰自动制冷，不必耗用能源，所以一个小型的100千瓦发电站就足够了。不过为了绝对保险起见，我们用20个结构不同的发电站并成一个电网。要知道，洪先生的一觉将睡上1000万年。1000万年中的变化谁能预想得到呢？

我和柳船长乘上洪先生的跑车，三人共同去寻找合适的放生地。这辆生命之舟设计得十分紧凑，车身覆盖着太阳能极板，十分高效，即使在极夜微弱的阳光中，也能维持它的行驶。车后是小型食物再生装置和制氧装置，能提供足够一人用的人造食品和空气。下面是强大的蓄电瓶，能提供10万千瓦时的电量，其寿命（在不断充放电的条件下）可以达到无限长。洪先生周围是快速冷凝装置，只要一按电钮，便能在2秒钟内对他进行深度冷冻。1000万年后，该装置会自动启动，使他复苏。他身下的驾驶椅实际是两只灵巧的机械腿，可以带他离开车辆，短时间出去步行，因为，放养生命的金属湖泊常常是车辆开不到的地方。

洪先生聚精会神地开着车，在崎岖不平的荒漠上寻找着道路，我和柳船长坐在后排。为了方便工作，我们在车内也穿着宇航服。老柳以军人的姿态端坐着，默默凝视着洪先生的白发，凝望着他高高突起的驼背和鸡胸，以及瘦弱畸形的腿脚，目光中充满怜悯。我很想同洪先生多谈几句，因为，在此后的亿万年中，他不会再遇上一位可以交谈的故人了。不过在悲壮的气氛中，我难以打开话题，只是就道路情况简短地交谈几句。

洪先生扭过头："小陈，我临'死'前清查了我的财产，还余几百万吧。我把它留给你和小尹了，你们为这件事牺牲太多。"

"不，牺牲最多的是你。洪先生，你是有仁者之爱的伟人。"

"伟人是沙女士。她，还有你，让我的晚年有了全新的生活，谢谢。"

我低声说："不，是我该向你表示谢意。"

车子经过一个金属湖，金属液发出白热的光芒。用光度测温计量量，这儿有620℃，对于那些小生命来说高了一些。我们继续前行，又找到一处金属湖，它半掩在悬崖之下，太阳光只能斜照它，所以温度较低。我们把车停下，洪先生操纵着机械腿迈下车，我和柳船长揣上两块金属棒跟在后边。金属湖在下方100米处，地形陡峭，虽然他的机械腿十分灵巧，但行走仍相当艰难。在迈过一道深沟时，他的身子趔趄一下，我下意识地伸手去扶，老柳摇摇手止住我。是的，老柳是对的。洪先生必须能独立生存，在此后的亿万年中，不会有人帮助他。如果他一旦失手摔下，只能以他的残腿努力站起来，否则……我鼻子发酸，赶快抛开这个念头。

我们终于到了湖边，暗红的金属液面十分平静。我们测量出温度是

423℃，溶液中含有锡、铅、钠、水银，也有部分固相的锰、钼、铬微粒，这是变形虫理想的繁殖之地。我们从怀中掏出金属棒交给洪先生，他把它们托在宇航服的手套里，等待着。斜照的阳光很快使它们融化，变成小圆球，滚落在湖中，与湖面融合在一起。少顷，洪先生把一枚探头插进金属液中，打开袖珍屏幕，上面显示着放大的图像。探头寻找到一个变形虫，它已经醒了，慵懒地扭曲着，变形着，移动着，动作十分舒展，十分惬意，就像这是它久已住惯的老家。

三个人欣慰地相视而笑。

我们总共找到10处合适的金属湖，把20块"菌种"放进去。在这10个不相连的生命绿洲里，谁知道会发生什么事？也许它们会迅速夭折，当洪其炎从冷冻中复苏过来后，只能看到一片生命的荒漠；也许它们会活下来，并在水星的高温中迅速进化，脱离湖泊，登上陆地，最终进化出智慧生命。那时，洪先生也许会融入其中，不再孤独。

太阳缓缓地移动着，我们赶往天光暗淡的北极。那儿的工作已经做完。暗绿色的极冰中凿出一个大洞，布置了照明灯光，40根超导电缆扯进洞内，汇聚在一个接头板上，再与水星车的接口相连。冰洞内堆放着足够洪先生食用30年的罐头食品，这是为了预防食物再生装置失效。只是我们拿不准，放置数千万年的食物（虽然是在-60℃的低温下）还能否食用。

我们把洪先生扶出来，在冰洞中开了一次聚餐会。这是"最后一次晚餐"，以后洪先生就得独自忍受亿万年的孤独了。吃饭时洪先生仍然沉默寡言，面色很平静。几个年轻的船员用敬畏的目光看他。这种目光拉远了他同大伙儿的距离，所以，尽管我和老柳作了最大的努力，也没能使气氛活跃起来。

我们在悲壮的氛围中吃完饭，洪先生脱下宇航服，赤身返回车内，沙女士的金像置放在前窗玻璃处。我俯下身问：

"洪先生，你还有什么话吗？"

"请接通地球，我和尹律师说话。"

接通了。他对着车内话筒简短地说："小尹，谢谢你，我永远记住你陪我度过的日子。"

他的话语化作电波，离开水星，向一亿公里外的地球飞去。他不再说话，静静地等待着。十分钟后才传来回音，我们都在耳机中听到了，尹律师带着哭声喊道：

"其炎！永别了！我爱你！"

洪先生恬淡地一笑，向我们挥手告别。在这一刹那，他的笑容使丑陋的面孔变得光彩照人。他按下一个电钮，立时冷雾包围了他的裸体，凝固了他的笑容。2秒钟后他已进入深度冷冻。我们对生命维持系统作了最后一次检查，依次向他鞠躬，然后默默退出冰洞，向飞船返回。

5个地球日后，"姑妈号"飞船离开水星，开始长达1年的返程。不过，大家都觉得我们已经把自身生命的一部分留在这颗星球上了。

不知过了多长时间，图拉拉隐约感到人群回来了，圣府大厅里一片闹腾。他努力地喊奇卡卡，喊胡巴巴，没人理他，也许他并没喊出声，他只是在心灵中呼喊罢了。闹腾的人群逐渐离开，大厅里的振动平息了。他悲怆地模模糊糊地想："我真的要在圣府中横死吗？"

能量渐渐流入体内，思维清晰了，有人给他换了能量盒。睁开眼，看见奇卡卡正怜悯地看着他。他虚弱地闪道：

"谢谢。"

奇卡卡转过目光，不愿与他对视，微弱地闪道："你一直在低声唤我的名字，你说你有未了之事。我不忍心让你横死，偷偷给你换了能量盒。现在——你好自为之吧。"

奇卡卡像躲避魔鬼一样急急跑了，不愿意和一位丑恶的"横死复生者"待在一起。图拉拉感叹着，立起身子，看见奇卡卡为他留下4个能量盒，足够他返回到有光地带了。化身沙巫呢？他急迫地四处查看。没有了，连同他的神车都没有了。他想起胡巴巴临走说："要禀报教皇，迎回化身沙巫的圣体，在父星的光辉下唤他醒来。"一阵焦灼的电波把图拉拉淹没，他已知道沙巫的身体实际上是很脆弱的，那些愚昧的信徒们很可能把他害死。他可是索拉人的恩人哪。

他要赶快去制止！这时他悲伤地发现，在经历了长期的半死状态后，他身上的金属光泽已经暗淡了。这是横死者的标志。如果他不赶紧爆灭，他就只能活在人们的鄙夷和仇恨中。

但此刻顾不了这些。他带上能量盒，立即赶回夏杜里盆地。那是索拉星上最热的地方，所有隆重的圣礼都在那儿举行。

他爬出无光地带，无数横死者还横亘在沿途。他歉然地想，恐怕自己已没有能力实现来时的承诺，无力收殓他们了。进入有光地带后，他看到索拉人成群结队向前赶，他们的闪孔兴奋地闪烁着：化身沙巫的复生大典马上要举行了！图拉拉想去问个详细，但人群立即发现他的耻辱印，怒冲冲地诅咒他，用尾巴打他。图拉拉只好悲哀地远远避开。

一个索拉星日过去了，他中午时赶到夏杜里盆地的中央。眼前的景象令他瞠目，成千上万的索拉人密密麻麻地聚在圣坛旁，群聚的感情场互相激励，形成正反馈，其强度使每个人都陷于癫狂。连图拉拉也几乎被同化了，他用顽强的毅力压下自己的宗教冲动。

好在癫狂的人群不大注意他的耻辱印，他夹在人群中向圣坛近处挤去。神车停在那里，车门关闭着，化身沙巫的圣体就在其中，仍紧闭着双眼。

教皇出来了，在圣坛边跪下，信徒的跪拜和祈祷掀起一个高潮。这时，一个高级执事走上前，让大家肃静。这是奇卡卡！看来教皇对这位背叛科学投身宗教的人宠爱有加，他的地位如今已在胡巴巴之上了。奇卡卡待大家静下来，朗朗地宣布：

"我奉教皇敕令，去北极找到极冰中的圣府，迎来化身沙巫的圣体。此刻，沙巫神将在父星的光辉下醒来。"

教皇再次叩拜后，奇卡卡拉开车门，僧侣上前，想要抬出化身沙巫的圣体。图拉拉此刻顾不得个人安危，闪孔里射出两道强光，烙在一名僧侣的背上，暂时制止住他。图拉拉发出强烈的信息：

"不能把他抬出来，那会害死他的！"他急中生智，又加了一句有威慑力的话："是沙巫神亲口告诉我的，你们不能做渎神的事！"

人们愣住了，连教皇也一时无语。奇卡卡愤怒地转过身，大声说："不要听他的，他是一个横死者，不许他亵渎神灵！"

人们这才发现他的耻辱印，立刻有一条尾巴甩过来，重重地击在他的背上。他眼前发黑，但仍坚持着发出下面的信息：

"不能让化身沙巫受父星的照射，你们会害死他的！"

又是狂怒的几击，他身体不支，瘫倒在地。仍有人狠狠地抽击他。奇卡卡恶狠狠地瞪图拉拉一眼，举手让众人静下来。迎圣体的仪式开始了。4个僧侣小心地把化身沙巫抬出车，众人的感情场猛烈地递射、激励、加强，千万双闪孔同时感颂着。

这种感情场是极端排外的，现场中只有图拉拉的感情是异端，他头疼欲裂，像是被千万根针刺着神经。他挣扎着立起上身，从人缝中向里看。化身沙巫的圣体已摆放在一个高高的圣台上，教皇领着奇卡卡、胡巴巴在伏地跪拜。图拉拉的神经抽紧了，他想可怕的事马上就要发生了。化身沙巫坐在圣台上，眼睛仍然紧闭着。在父星强烈的照射下，在720℃的高温中，他的身躯很快开始发黑，水分从体内猛烈蒸发，向上方升腾，在他附近造成了一个畸变的透明区域。随之他的身体开始冒烟，淡淡的灰

烟。然后，焦透的身体一块块进脱，剩下一副焦黑的骨架。

教皇和信徒们都目瞪口呆，这是怎么回事？索拉人的金属身体从不怕父星的曝晒，那些未经爆灭的遗体能千万年保存下来。但化身沙巫的圣体为什么被父星毁坏？人们想到刚才图拉拉的话："不能让他受父星的照射，你们会害死他的。"他们开始感到恐惧。千万人的恐惧场汇聚在一起，缓缓加强，缓缓蓄势，寻找着泄洪的口子。

教皇和奇卡卡的恐惧也不在众人之下——谁敢承担毁坏圣体的罪名？如果有人振臂一呼，信徒们会把罪人撕碎，即使贵为教皇也不能逃脱。时间在恐惧中静止。恐惧和郁怒的感情场在继续加强……忽然奇卡卡如奉神谕，立起身来指着那副骨架宣布：

"是父星惩罚了他！他曾逃到极冰中躲避父星，但父星并没有饶恕他！"

恐惧场瞬时间无影无踪，信徒们的神经一下子放松了。是啊，《圣书》中确实说过，化身沙巫失去父星的宠爱，藏到极冰中逃避父星的惩罚。现在大家也亲眼看见是父星的光芒把他毁坏了。奇卡卡抓住了这个时机，恶狠狠地宣布：

"杀死他！"

他的闪孔中闪出两道杀戮强光，射向沙巫的骨架。信徒们立即仿效，无数强光聚焦在骨架上，使骨架轰然坍塌。教皇显然仍处在慌乱中，他没有在这儿多停，起身摩挲着奇卡卡的头顶表示赞赏，随后匆匆离去。

信徒们也很快散去。虽然他们用暴烈的行动驱走恐惧，但把暴力加在化身沙巫的圣体上，这事总让他们忐忑不安。片刻之后，万头攒动的场景不见了，只留下圣坛上一副破碎的骨架，一辆砸扁了的神车，一副白金雕像，还有地上一个虚弱的图拉拉。

图拉拉忍着头部的剧疼，挣扎着走到骨架边。灰黑色的骨架散落一地，头颅孤零零地滚在一旁，两只眼睛变成两个黑洞，悲愤地瞪着天边。片刻之前，他还是人人敬仰的化身沙巫，是一个丰满坚硬的圣体，转瞬之间被毁坏了，永远不可挽救了。图拉拉感到深深的自责。如果他事先能见到教皇，相信凭自己的声望，能说服他采用正确的方法唤醒沙巫——毕竟教皇也不愿圣体遭到毁坏呀。可惜晚了，来不及了，这一切都是由于缺少一个备用能量盒，是由于自己该死的疏忽。

他深深地俯伏在地，悲伤地向化身沙巫认罪。

他立起身，小心地搜集化身沙巫的骨架。为什么这样做？不知道，他没有什么目的，只是想以这种下意识的动作来驱散心中的悲伤和悔恨。只是到了2000年后，当科学家根据基因技术（在沙巫留下的大批光盘里有详细的解说）从幸存的骨架中提取了化身沙巫的基因并使他复活之后，索拉人才由衷地赞叹图拉拉的远见。

　　此后1000年是索拉星的黑暗时期，狂热的教徒砸碎了和科学有关的一切东西，连索拉人曾广泛使用的能量盒，也被当作渎神的奇技淫巧被全部砸坏。羽翼未丰的科学遭到迎头痛击，一蹶不振，直到1000年后才慢慢恢复元气。

　　沙巫教则达到极盛。他们仍信奉沙巫，但化身沙巫不再被说成沙巫大神的使者，他成了一尊伪神，一个罪神。信徒的祈祷词中加了一句：

　　"我奉沙巫大神为天地间唯一的至尊，

　　我唾弃伪神，他不是大神的化身。"

　　不过，沙巫教中悄悄地兴起一个小派别，叫赎罪派，据说传教者是一个横死后复生的贱民。他们仍信奉化身沙巫是大神的使臣和索拉人的创造者，他们精心保存着两件圣物，一件是焦黑的头骨，一件是白金制的塑像。赎罪派的教义中，关于沙巫之死的是非是这样说的：化身沙巫确实是沙巫的化身，原打算给索拉星带来无上的幸福。但他被索拉人错杀了，幸福也与索拉人交臂而过。

　　尽管新教皇奇卡卡颁布了严厉的镇压法令，但赎罪派的信徒日渐增多。因为赎罪派的教义唤醒了人们的良知，唤醒了潜藏内心深处的负罪感。对教廷的镇压，赎罪派从不做公开的反抗，他们默默地蔓延着，到处搜集与科学有关的一切东西：砸碎的能量盒，神车的碎片，残缺不全的图纸和文字，等等。在那位180岁的赎罪派传教者去世后，再没人能懂得这些东西，但他们仍执着地收藏着，因为——传教者说过，等化身沙巫在下一个千禧年复活时，它们就有用了。

赎罪派只尊奉《圣书》。他们加了一段祷文：

"化身沙巫越权创造了索拉人，父星惩罚了他。

索拉人杀死了化身沙巫，你们得到父星的授权了吗？

索拉人哪，

你们杀死了自己的生父，你们有罪了；

你们要世世代代背负着原罪，直到化身沙巫复生。"

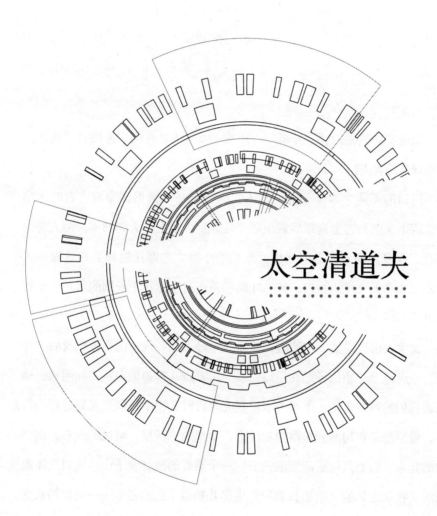

太空清道夫

增压室的气密门锁"咔嗒"一声响，女主人站在门口迎接："欢迎，从地球来的客人！"

　　门口的不速之客是一对年轻人，明显是一对情侣，穿着雪白的太空服。取下头盔和镀金面罩后露出两个娃娃脸，看上去大约25岁。两人都很漂亮，浑身洋溢着青春的光辉。他们的小型太空摩托艇停靠在这艘巨大的X-33L空天飞机的进口，X-33L则锚系在这个形状不规则的黑色的小行星上。

　　女主人再次邀请："请进，可爱的年轻人！"气密门在他们身后"咔嗒"一声锁上。小伙子站在门口，多少带着点儿窘迫地说："徐阿姨，请原谅我们的冒昧来访。上次去水星观光旅行时，途中我偶然见到这颗小行星，看到您正在用激光枪雕刻着什么。蛮荒的小行星，暗淡的天幕，绚烂的激光束，岩石汽化后的滚滚气浪，一个勇敢的孤身女子……我对此印象极深。我从退休的飞船船长索罗先生那儿知道了您的名字……索罗船长您认识吧？"

　　主人笑道："当然，我们是好朋友。"

"可惜当时时间仓促，他未能向我们详细介绍。回到地球后我仔细查阅了近年的新闻报道，很奇怪，竟然没有您的任何消息。我，不，是我们两个，感到很好奇，所以决定把我们结婚旅行的目的地定在这儿，我们要亲眼看看您的太空雕刻。"

姑娘亲密地挽着女主人的胳臂，撒娇地说："士彬给我讲了那次奇遇，我当时就十分向往！我想您一定不会怪我们打搅的，是吧，徐阿姨？"

女主人慈爱地拍拍她的手背："当然不会，请进。"

她领着两人来到内舱，端出两包软饮料。两位年轻的客人好奇地打量着主人。她大约40岁，服饰很简朴，白色宽松上衣，一袭素花长裙。但她的言谈举止有一种只可意会的高贵气质，发自内心的光辉照亮了她的脸庞。姑娘一直盯着她，低声赞叹着："天哪，您简直就像圣母一样光彩夺目！"

女主人难为情地笑道："你这个小鬼头，胡说些什么呀，你们才漂亮呢！"

几分钟以后，他们已经很熟了。客人自我介绍说，他们的名字叫杜士彬和苏月，都是太空旅游学院的学生，刚刚毕业。主人则说她的名字叫徐放，待在这儿已经15年了。客人们发现，主人在船舱中飘飞着招呼客人时，动作优雅如仙人，但她裙中的两条腿分明已经有一点萎缩了，这是多年太空生活的后遗症。

女主人笑着说："知道吗？如果不包括索罗、奥尔基等几个熟人的话，你们是第一批参观者。观看前首先请你们不要见笑，要知道，我完全是一个雕刻的门外汉，是在26岁那年心血来潮突然决定搞雕刻的。现在是否先去看看我的涂鸦之作？"

他们乘坐小型摩托艇绕着小行星飞行。这颗小行星不大，只相当于地球上一座小型的山峰，小行星上锚系的X-33L几乎盖住了它表面的四分之一。绕过X-33L，两个年轻人立即发出一声低低的惊叹。太阳从小行星后方斜照过来，逆光中这群浅浮雕镶着一道金边，显得凹凸分明。浮雕中，一个身材瘦小的中年男子穿着肥大的工作裤，手执一把扫帚低头扫地，长发长须，目光专注；一位老妇提着饭盒立在他侧后，满怀深爱地盯着他，她的脸庞上刻满岁月的沧桑。从他们的面部特征看，男子分明是中国人，妇人则高鼻深目，像是一个白人。他俩在面罩后惊讶而好奇地看着，这组雕像的题材太普通了，似乎不该安放到太空中，雕刻的技法也略显稚拙。不过，即使以年轻人的眼光，也能看出雕刻者在其中贯注的深情。雕像平凡的外貌中透出宁静淡泊，透出宽厚博大，透出一种只可意会的圣父圣母般的高贵。女主人痴痴地看着这两座雕像，久久不语不动。良久，她才在送话器中轻声说："看，这就是我的丈夫。"

两个年轻人不解地看看那对年迈的夫妇，再看看美貌犹存的女主人。女主人显然看出他们的怀疑，轻轻叹息一声："不，那位女士不是我，那是我丈夫的前妻，她比我丈夫早一年去世了。你们看，那才是我。"

她指着画面上，一名豆蔻年华的姑娘半掩在一棵梧桐树后，偷偷地仰视着他们，目光中满怀崇敬和挚爱。这部分画面还未完成，一台激光雕刻机停放在附近。女主人说："我称他是我的丈夫，这在法律上没有问题。在我把他从地球轨道带到这儿以前，我已在地球上办好结婚手续。不过，也许我不配称他的妻子，他们两人一直是我仰视的偶像——而且，一直到去世，我丈夫也不承认他的第二次婚姻。"

这番话更让年轻人怀疑。晚餐（按时间说应该是地球的晚餐）中，他们狼吞虎咽地吃着食物循环机制造的精美食品。苏月委婉地说，如果方便的话，能否请徐阿姨讲讲雕像上三个人的故事。"我们猜想，这个故事一定很感人。"

晚餐之后，在行星的低重力下，女主人轻轻地浮坐在太空椅上，两个年轻人偎在她的膝下。她娓娓地讲起了这个故事。

15年前，我和苏月一样青春靓丽，朝气蓬勃。那天，我到太空运输公司去报到，刚进门就听见我后来的太空船船长喊我："小丫头，你叫徐放吗？你的电话。"

是地球轨道管理局局长的电话，从休斯敦打来的。他亲切地说："我的孩子，今天是你第一天上班，向你祝贺！我知道，你们这些年轻人喜欢自立，我支持你离开家庭的庇荫。不过，万一遇到什么难处，不要忘了邦克叔叔哇！"

我看见索罗船长目光阴沉地斜睨着我。看来，刚才索罗船长接电话时，邦克叔叔一定没有忘记报他的官衔。我也知道，邦克局长在百忙中打来这个电话，是看在我父亲的面子上。我脑子一转，对着电话笑道："喂，你弄错了吧，我叫徐放，不叫苏芳。"

我放下电话，知道邦克叔叔一定在电话那边大摇脑袋，然后若无其事地对船长说："弄错了，那个邦克先生是找一个叫苏芳的人。"

不知道这点儿小花招是否能骗得过船长，他虽然怀疑地看着我，但没有再追究。转过头，我看见屋里还有一个人，是一名白人妇女，却穿着中式的裙装，大约70岁，满头银发，面容有些憔悴，她正谦恭地同船长说话，这会儿转过脸，微微笑着向我点头示意。

这是我与太炎先生前妻的第一次会面。玛格丽特给我的印象很深。虽然韶华早逝，又不事装扮，从衣着看是个地道的中国老妇，但她雍容沉静，有一种天然的贵胄之气。她用英语和船长交谈，声音悦耳，很有教养。她说："再次衷心地谢谢你，10年来你一直这么慷慨地帮助我丈夫。我真不知道怎样才能表达我的感激之情！"

澳大利亚人索罗一挥手说："不必客气，这是我们应该做的。"

随后船长叫上我，到玛格丽特的厢式货车上卸下一个小巧的集装箱，玛格丽特再次致谢后就走了，索罗客气地同她告别。但即使以我25岁的毫无城府的眼光，也能看得出船长心中的不快。果然，玛格丽特的小货车一消失，船长就满腹牢骚地咕哝了几句。我奇怪地问："船长，你说什么？"

船长斜睨我一眼，脸色阴沉地说："如果你想上人生第一堂课的话，我告诉你，千万不要去做那种滥好人。她丈夫李太炎先生定居在太空轨道，10年前，因为年轻人的所谓正义或冲动，我主动把一具十字架扛到肩上，答应在她丈夫有生之年免费为他运送食物。现在，每次太空运输我都要为此额外花上数万美元，这且不说，轨道管理局的那帮老爷们还一直斜着眼瞅我，对这些'未经批准'的太空飞行耿耿于怀。我知道他们不敢公开制止这件事——让一个70岁的老人在太空饿死，未免太犯众怒——但说不定他们会把火撒到我身上，哪天就会吊销我的营运执照。"

我以25岁的幼稚咯咯地笑道："这还不容易？只要你不再想做好人，下次拒绝她不就得了！"

索罗摇摇头："不行，我无法开口。"我不客气地抢白他："那就不要在她背后说怪话。既然是你自己允诺的事，就要面带微笑地干到底。"

索罗瞪了我一眼，没有再说话。

3天后，我们的X-33B空天飞机离开地球，去水星运送矿物。玛格丽特的小集装箱已经放到摩托艇上，摩托艇则藏在巨大的船腹里。船员只有3人，除了船长和我这个新手外，还有一个32岁的男船员，奥尔基，乌克兰人。7个小时后，船长说："到了，放出摩托艇吧！"

奥尔基起身要去船舱，索罗摇摇头说："不是你，让徐放小姐去。她一定会面带微笑地把货物送到那个可怜的老人面前——而且终生不渝。"

奥尔基惊奇地看看船长。船长嘴角挂着嘲弄，不过并非恶意，目光里满是揶揄。我知道这是对我冲撞他的小小的报复，便气恼地离开座椅："我去！我会在李先生的有生之年坚持做这件事——而且不会在背后发牢骚的！"

　　事后我常回想，也许是上帝的安排？我那时并不知李太炎先生为何许人，甚至懒得打听他为什么定居太空，但我却以这种赌气的方式做出一生的允诺。奥尔基笑着对我交代了应注意的事项、清道车此刻的方位等，还告诉我，把货物送到那辆太空清道车后先不要返回，等空天飞机从水星返回时，我们会提前通知你，再把你接回来。巨大的后舱门打开了，太空摩托艇顺着斜面滑下去，落进广袤的太空。我紧张地驾驶着，顾不上欣赏脚下美丽的地球。半个小时后，我的心情才平静下来。就在这时，我发现了那辆太空清道车。

　　这辆车的外观并不漂亮。它基本上是一个呆头呆脑的长方体，表面上除了一圈小舷窗外，全部蒙着一种褐色的蒙皮，这使它看起来像癞蛤蟆那样丑陋。在它的左右侧张着两只极大的耳朵，也蒙着那种褐色的蒙皮。后来我才知道，这种蒙皮是超级特夫纶和陶瓷薄板的黏合物，它能保护清道车不受太空垃圾的破坏，也能尽量减缓它们的速度并最终俘获它们。

　　几乎在看到清道车的同时，送话器中有了声音，一个悦耳的男声叽里咕噜说着什么，我辨出"奥尔基"的名字，听到话语中有明显的卷舌音，恍然大悟，忙喊道："我不是奥尔基，我不会说俄语，请用汉语或英语说话！"

　　送话器中改成汉语："欢迎你，地球来的客人。你是一位姑娘？"

　　"对，我的名字叫徐放。""徐放小姐，减压舱的外门已经打开，请进来吧！"

我小心地泊好摩托艇，钻到减压舱里。外门缓缓合拢，随着气压升高，内门缓缓打开。在离开空天飞机前，我曾好奇地问奥尔基："那个独自一人终生待在太空轨道的老人是什么样子？他孤僻吗？性格古怪吗？"奥尔基笑着让我不要担心，说那是一个慈祥的老人，只是模样有点古怪，因为他40年没有理发剃须，他要尽量减少太空的遗留物。"一个可怜的老人。"奥尔基黯然说。

现在，这个老人已经站在减压舱口，他的须发几乎遮住了整个脸庞，只余下一双深陷的但十分明亮的眼睛。他十分羸瘦，枯干的皮肤紧裹着骨骼，让人无端想起那些辟食多日的印度瑜伽大师。我一眼就看见他的双腿已经萎缩了，在他沿着舱室游飞时，两只细弱无力的仙鹤一样的腿一直拖在后面。但他的双手十分灵活，熟练地操纵着车内的小型吊车，吊下摩托艇上的小集装箱，把另一只集装箱吊上去。"这里面是我一年的生活垃圾和我捕捉的太空垃圾。"他对我说。

我帮着他把新集装箱吊进机舱，打开小集装箱的铁门。玛格丽特为丈夫准备了丰富的食品，那天午餐我们尽情享用着这些食品——不是我们，是我。这是我第一次在太空的微重力下进食，对那些管状的、流质的、奇形怪状的太空食品感到十分新鲜。说来好笑，我这位淑女竟成了一个地道的饕餮之徒。老人一直微笑着劝我多吃，把各种精美的食品堆在我面前。肚满肠圆后，我才注意到老人吃得很少，简直太少了，他只是象征性地往嘴里挤了半管流质食物。我问："李先生，你为什么不吃饭？"他说已经吃好了，我使劲摇摇头说："你几乎没吃东西嘛，哪能就吃好了？"老人真诚地说："真的吃好了。这20多年来我一直是这样，已经习惯了。我想尽量减少运送食品的次数。"

他说得很平淡，在他的下意识中，一定认为这是一件人人皆知的事实。但这句平淡的话立刻使我热泪盈眶！心中塞满又酸又苦的东西，堵得我难以喘息。他一定早已知道妻子找人捎送食物的艰难，20年来，他一直是在死亡的边缘处徘徊，用尽可能少的食物勉强维持生命！

看着我大吃大嚼之后留下的一堆包装，我再也忍不住，眼泪刷刷地淌下来。李先生吃惊地问："怎么啦？孩子，你这是怎么啦？"我哽咽地说："我一个人吃了你半个月的食物。我太不懂事了！"

李先生爽朗地笑起来，我真不敢相信这个羸瘦的老人会笑得这么响亮："傻丫头，傻姑娘，看你说的傻话。你是难得一见的远方贵客，我能让你饿着肚子离开吗？"

吃第二餐时，我固执地拒绝吃任何食物："除非你和我吃同样多。"老人没办法，只好陪我一块吃，我这才破涕为笑。我像哄小孩一样劝慰他："不用担心，李先生，我回去之后就想办法，给你按时送来足够的食物。告诉你一个秘密，是我从不示人的秘密，我有一个有钱有势的爸爸，而且对我的要求百依百顺。我拒绝了他给我的财产，甚至拒绝了他的名声，想像普通人那样独立地生活。但这回我要去麻烦他啦！"

老人很感动，也没有拒绝。"谢谢你，我和我妻子都谢谢你。但你千万不要送太多的东西，还像过去那样，一年送一次就够了，我真的已经习惯了。另外，"他迟疑地说，"如果这件事在进行中有困难，就不要勉

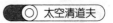

强了。"

我一挥手："这你就不用管了！"

此后的两天里，我时时都能感受到他生活的清苦，即使在他爽朗地大笑时，我也能品出苦涩的余味。这种苦味感染了我，使我从一个任性淘气的小女孩在几日之内成人了。我像久未归家的女儿那样照顾他，帮他准备饭食，帮他整理卫生。为了不刺伤他的自尊心，我尽可能委婉地问他，为什么会落到如此窘迫的地步。李先生告诉我，他的太空清道夫工作完全是私人性质的，这辆造价昂贵的太空清道车也是私人出资建造的。"如果冷静地评价历史，我承认那时的决定太匆忙，太冲动，我和妻子都没有很好地宣传，就把这件事变成了公共的事业，完全是个人奋斗。妻子从英国的父母那儿继承了一笔相当丰厚的遗产，但我上天后她已经一文不名——不过，我们都没有后悔。"

说这些话时，他的神态很平静，但两眼炯炯放光，一种圣洁的光辉漫溢于脸上。我的心隐隐作痛，赶紧低下头，不让他看见我的怜悯。第三天收到了母船发来的信号，我穿上太空服，在减压舱口与老人拥别："老人家，千万不要再这样自苦了，3个月后我就会为你送来新的食品，如果那时你没把旧食物吃完，我一定会生气的，我一定不再理你了！"

那时我没有意识到，我这些幼稚的话，就像一个七八岁的女孩在扮演小母亲。老人慈爱地笑了，再次与我拥别，并郑重交代我代他向索罗船长和奥尔基先生致谢："他们都是好人，为我惹了不少麻烦。我难以表达对他们的感激之情。"

太空摩托艇离开清道车，我回头张望，透过摩托艇橘黄色的尾光，我看见那辆造型丑陋的太空清道车孤零零地行进在轨道上，越来越小，很快隐没于暗淡的天幕。再往前看，X-33B已经在天际闪亮。

奥尔基帮我脱下太空衣。来到指挥舱时，索罗船长的嘴角仍挂着揶揄的微笑，他一定在嘲笑：徐小姐，你把那具十字架背到身上了吗？我微笑着一直没有开口。我觉得自己已经受到李先生的感化，有些东西必须在沉默中才更有力量。

一个月后，我驱车来到李先生的家，他家在北京近郊的一个山脚下，院子十分宽敞，低矮的篱笆参差不齐，是一个典型的中式的农家院落。只有院中一些小角落里偶然露出一些西方人的情调，像凉台上悬挂的白色木条凉椅、院中的鸽楼、在地上静静啄食的鸽群……玛格丽特热情地接待了我。在中国生活40年，她已经相当中国化了，如果不是银发中微露的金色发丝和一双蓝色的眼睛，我会把她当成一个地道的中国老太太。看着她，我不禁感慨中华文明强大的感染力。

40年的贫穷在她身上留下了明显的印记，她身体瘦弱，容貌憔悴，但她的拥抱却十分有力。"谢谢你，真诚地感谢你。我已经和太炎通过电话，他让我转达对你的谢意。"

我故意嘟着嘴说："谢什么？我一个人吃了他一个月的口粮。"

玛格丽特笑了："那么我再次谢谢你，为了你这么喜欢我准备的食品。"

我告诉玛格丽特，我已经联系好下一次的"顺车"，是3个月后往月球的一次例行运输，请她事先把要送的东西准备好。"如果你在经济上有困难的话，"我小心地说，希望不会刺伤她的自尊心，从她家中的陈设看，她的生活一定相当窘迫，"要送的物品我也可以提供一些帮助，你只用列一个清单就行了。"

玛格丽特笑着摆手："不，不，谢谢你的慷慨，不过确实用不着，你能为我们解决运输问题，我已经很感激了。"

那天，我在她家中吃了午饭，饭菜很丰盛，既有中式的煎炸烹炒，又有英式的甜点。饭后，玛格丽特拿出十几本影集让我观看。在一本合影上，两人都戴着博士方帽，玛格丽特正当青春年华，美貌逼人，李先生则多少有些拘谨和少年老成。玛格丽特说："我们是在北大读文学博士时认识的，他那时就相当内向，不善言谈。你知道吗，他的父亲是一个清道夫，就在北大附近的大街上清扫，家庭条件比较窘迫，恐怕这对他的性格不无影响。在与同学的交往中，他会默默地记住别人对他的点滴恩惠，认真到迂腐的地步。你知道，这与我的性格并不相合。但不知道为什么，我不知不觉地开始和他交往，直到成为恋人。他有一种清教徒般的道德光辉，可能是这一点逐渐感化了我。"

我好奇地问："究竟是什么契机，使你们选择了共同的生活和共同的终生事业？"

玛格丽特从文件簿中翻出两张发黄的报纸，她轻轻抚摸着，沉湎于往事。良久她才回答我的问话：

"说来很奇怪，我们选择了一个终生的事业，也从没有丝毫后悔，但我们却是在一时冲动下做出的决定，是很轻率的。你看这两张剪报。"

我接过两份剪报，一份是英文的，另一份是中文的，标题都相同："太空垃圾威胁人类安全"。文中写道：

最近几十年来，人们不仅把地球弄得肮脏不堪，而且在宇宙中也有3000吨垃圾在飞。到2010年，垃圾会增加到1万吨。仅直径10厘米的碎块就会有7500吨，其中一些我们用望远镜就能看到。

考虑到这些碎块在地球轨道上的速度，甚至直径仅为1厘米的小铁块都能给宇宙飞船带来巨大的灾难。飘荡在地球上空的核动力装置具有特别的危险性。到下个世纪，轨道上将有上百个核装置，其中含有1吨多的放射性物质。这些放射性物质总有一天会掉到人们的头上，就像1978年苏联的"宇宙-954"掉在加拿大北部那样。

科学家提出，用所谓的"宇宙扫雷舰"，即携带激光大炮的专门卫星来消灭宇宙中最具危险性的放射性残块，但这项研究也遭到了强有力的反对。怀疑者认为，在环地球空间使用强力激光会导致这个空间发生不可逆的化学变化，引起空间变暖。

我们已经在地球上进行了许多破坏性的工作，今天它已在对我们进行报复：肮脏的用水、不断扩大的沙漠、被污染的空气等。太空何时开始它的报复？可以肯定的是，这种报复比起地球的报复要厉害得多。

玛格丽特说："那天，太炎带着这张报纸到我的研究生宿舍，我从来没见他这样激动过。他喃喃地说："人类是宇宙的不肖子孙，人类发展到现在，已经成了急功近利的技术动物。我们污染了河流，破坏了草场，污染了南北极，现在又去糟蹋太空。我们应该站出来大声疾呼，不要再戕害地球母亲和宇宙母亲。'我说：'人类已开始认识到这一点了，世界范围内的环境保护运动已经蓬蓬勃勃，即使在中国这样的发展中国家，也逐渐树立了环保意识。'但太炎说的一番话使我有如遭锥刺，那是一种极为尖锐的痛觉。"

我奇怪地问："他说什么？"

"他说，这不够，远远不够。人类有了环保意识是一个进步，但坦率地说，这种意识仍是建立在功利主义基础上的——我们要保护环境，这样才能更多地向环境索取。不，我们对大自然必须有一份赤子之爱，有一种对上帝的敬畏才行。"

这番话使我很茫然，可能我在下意识地摇头，玛格丽特看看我，微笑着说："当时我也不理解这些话，甚至奇怪在中国，他怎么会有这种虔诚？后来，我曾随他到他的家乡小住，亲眼看见了几件事，才理解他这番话的含义。"

玛格丽特继续说："这两次采访后我发现了中国社会的人文思想。太炎在这两次采访后常陷入沉思，喃喃地说他要为地球母亲尽一份孝心。"她笑道，"说来很简单，在那之后，我们就结婚了，也确立了一生的志愿：当太空清道夫，实实在在为地球母亲做一点回报。我们想办法建造了那辆清道车，太炎乘坐那辆车飞上太空，从此再没有回来。"

她说得很平淡，但我却听得热泪盈眶。我说："我已经知道，正是你倾尽自己的遗产，为李太炎先生建造这辆太空清道车，此后你一贫如洗，不得不迁居到这个小山村。在新闻热过后，国际社会把你们彻底遗忘了，你不得不独力承担太空车的后勤保障，还得应付世界政府轨道管理局明里暗里的刁难。玛格丽特，社会对你们太不公平了！"

玛格丽特淡淡地说："轨道管理局本来要建造两艘太空扫雷艇，因为有了清道车的先例，国际绿色组织全力反对，说用激光清除垃圾会造成新的污染，扫雷艇计划因而一直未能实施。轨道管理局争辩说，单是为清道车送给养的摩托艇所造成的化学污染，累积起来已经超过激光炮所造成的污染了！也许他们说得不无道理。"她叹息道："可惜建造这辆车时没有考虑食物再生装置，这是我最大的遗憾。"

我在她的平淡下听出苦涩，便安慰道："不管他们，以后由我去和管理局的老爷们打交道——对了，我有一个主意，下次送给养时，我代替李先生值班，让他回到地球同你团聚三个月。对，就这样干！"

我为自己想到这样一个好主意而眉飞色舞，玛格丽特略带惊异地看看我，苦涩地说："原来你还不知道……他已经不能回到地球了！我说过，这件事基本上是私人性质的，由于缺乏经验，他没有经过系统的训练，没有医生的指导，太空停留的时间太长，这些加起来，对他的身体造成了不可逆的伤害。你可能已经看到他的两腿萎缩了，实际更要命的是，他的心

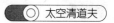

脏也萎缩了，已经不能适应有重力的生活了！"

我觉得一盆冰水劈头浇下来……这时我才知道，这对夫妇的一生是怎样的悲"衰"。他们就像中国神话中的牛郎织女。我呆呆地看着她，泪水开了闸似的汹涌流淌。玛格丽特手足无措地说："孩子，不要这样！不要哭……我们过得很幸福，很满足，是真的！不信，你来看。"

她拉我来到后院。在一片茵茵绿草之中，有一座不算太高的假山，近前看，原来是一座垃圾山，堆放的全是从太空中回收的垃圾，各种各样的铝合金制品、钛合金制品、性质优异的塑料制品，堆放多年之后仍然光洁如新。玛格丽特欣喜地说：

"看吧，全是40年来太炎从太空中捡回来的。我仔细统计过，截至今天有13597件，共计1298吨。要是这些东西还在太空横冲直撞，会造成多大损坏？所以，你真的不必为我们难过，我们两人以自己的微薄之力为地球母亲尽了孝，一生是很充实的，一点都不后悔！"

我慢慢安静下来，真的，在这座垃圾山前，我的心灵被彻底净化了，我也像玛格丽特一样，感到心灵的恬静。回到屋里，我劝玛格丽特："既然李先生不能回来，你愿意到太空中去看看他吗？我能为你安排的。这并不是太困难的事情。"

玛格丽特凄然一笑："很遗憾早几年没碰到你，现在恐怕不行了，我的身体已经太差，不能承受太空旅行，我想尽量多活几年以便照顾太炎。不过，我仍然要感谢你，你是一个心地慈善的好姑娘。"她拉着我的手说："如果我走到他前边，你能不能替我照顾他呢？"

我从她的话语中听出了不祥，忍住泪说："你放心吧，我一定记着你的托付。"也许那时我已经在下意识中做出自己的人生抉择，我调皮地说："可是，我该怎么称呼你呢？我既不想称你李奶奶，也不想叫你阿姨。请你原谅，我能唤你一声麦琪姐姐吗？"

玛格丽特可能没有猜中我的小心眼，她慈爱地说："好的，我很喜欢能有这样一个小妹妹。"

4个月后，我再次来到李先生的太空清道车上。这次业务是我争取来的，索罗船长也清楚这一点。他不再说怪话，也多少有些难为情，张罗着把太空摩托艇安置好，脸红红地说："请代我向李先生致意，说心里话，我一直都很敬佩他。"

我这才向他转达上次李先生对他的致意。我笑道："船长，我知道你是一个好人，天下最好的好人，这是上次李先生告诉我的。"索罗难为情地挥挥手。

当我在广袤的太空背景下用肉眼看见那辆清道车时，心里甜丝丝的，有一种归家的感觉。李先生急不可耐地在减压舱门口迎接我："欢迎你，可爱的小丫头。"

在那之前我同他多次通话，已经非常熟稔了。我故意嘟着嘴说："不许喊我小丫头，玛格丽特姐姐已经认我作妹妹，你也要这样称呼我。"

李先生朗声大笑："好，好，有这样一个年轻漂亮的小妹妹，我会觉得年轻的！"

我刚脱下太空服，就听见响亮的警报声。李先生立即说："又一块太空垃圾！你先休息，我去捕捉它。"

在那一瞬间，他好像换了一个人，精神抖擞，目光发亮，动作敏捷。电脑屏幕上打出这块太空垃圾的参数：尺寸230毫米×54毫米，估重2.2千克，速度8.2公里每秒，轨道偏斜12度。然后电脑自动调整方向，太空车开始加速。李先生全神贯注地盯着屏幕，回头简单解释说："我们的清道车使用太阳能作能源，交变磁场驱动，对环境是绝对无污染的。这在40年前是最先进的技术，即使到今天也不算落后。"他的语气中充满自豪。

我趴在他身后，紧紧地盯着屏幕。现在离这块卫星碎片只有2公里的距离了。李先生按动一个电钮，两只长长的机械手刷刷地伸出去，他把双手套在机内的传感手套上，于是两只机械手精确地模拟他的动作。马上就要与碎片相遇了，李先生虚握两拳凝神而立，就像虚掌待敌的武学大师。

我在他的身后不敢喘气。虽然清道车已经尽量与碎片同步，但它掠过头顶时仍如一个流星，我几乎难以看清它。就在这一瞬间，李先生疾如闪电地一伸手，两只机械手一下子抓住那块碎片，然后慢慢缩回来。它们的动作如此敏捷，我的肉眼根本分辨不出机械手指的张合。

我看得目醉神迷。他的动作优雅娴熟，巨大的机械手臂已经成了他身体的外延，使用起来是如此得心应手。我眼前的李先生不再是双腿萎缩、干瘪瘦小的垂垂老人，而是一只颈毛怒张的敏捷的雄狮，是一个有通天彻地之能的宇宙巨人。多日来，我对他是怜悯多于尊敬，但这时我的内心已被敬畏和崇拜所充溢。

机械手缩回机舱内，捧着一块用记忆合金制造的卫星天线残片。先生喜悦地接过来，说："这是我的第13603件战利品，算是我送给麦琪的生日礼物吧！"

他仍是那样瘦弱，衰老的面容藏在长发长须里，但我再也不会用过去的眼光看他了。我知道盲人常有特别敏锐的听觉和触觉，那是他们把自己被禁锢的生命力从这些孔口迸射出来。我仰视着这个双腿和心脏萎缩的老人，这个依靠些微食物维持生命的老人，他把自己的生命力点点滴滴地节约下来，储存起来，当他做出石破天惊的一抓时，他那被浓缩的生命力在一瞬间做了何等灿烂的迸射！

面对我专注的目光，李先生略带惊讶地问："你在想什么？"我这才从冥思中清醒过来，没来由地羞红了脸，忙把话题岔开。我问："今天是玛格丽特姐姐的生日吗？"

老人点点头："严格说是明天。再过半个小时我们就要经过日期变更线，到那会儿我给她打一个电话祝贺生日。"他感叹地说："这一生她为我吃了不少苦，我真的感激她！"

之后他就沉默了，我屏声静息，不敢打扰他对妻子的怀念。等到过了日期变更线，他挂通家里的电话。电话铃一遍又一遍地响着，却一直没人接。老人十分担心，喃喃地重复着："现在是北京时间早上6点，按说这会儿她应该在家呀？"

我尽力劝慰，但心中也有抹不去的担心。直到我快离开清道车时才得到确实的消息：玛格丽特因病住院了。在离开太空清道车前，我尽力安慰老人："你不用担心，我一回地球马上就去看她。我要让爸爸为她请最好的医生，我会每天守在她身边——即使你回去，也不会有我照顾得好。你放心吧！"

"谢谢你了，心地善良的好姑娘。"

回到X-33B，索罗船长一眼就看见我红红的眼睛，他关切地问："怎么啦？"我坐上自己的座椅，低声说："玛格丽特住院了，病一定很重。"索罗和奥尔基安慰了我几句，回过头驾驶。过了一会儿，船长忽然没头没脑地骂了一句："这些混蛋！"

我和奥尔基奇怪地看看他。他沉默很久才说："听说轨道管理局的老爷们要对太空清道车实行强制报废。理由是它服役期太长，万一在轨道上彻底损坏，又要造成一大堆太空垃圾。客观地说，他们的话不无道理，不过……"

他摇摇头，不再说话。

回到地球，我不折不扣地履行了对老人的承诺，但医生们终究未能留住玛格丽特的生命。

弥留的最后两天，她一定要回到自己的家。她婉言送走了所有的医护，仅留我一人陪伴。在死神降临前的回光返照中，她的目光十分明亮，面容上蒙着恬静圣洁的柔光。她用瘦骨嶙峋的手轻抚我的手背，两眼一直看着窗外的垃圾山，轻声说："这一生我没有什么遗憾，我和太炎尽自己的力量回报了地球母亲和宇宙母亲。只是……"

那时我已经做出了自己的人生抉择，我柔声说："麦琪姐姐，你放心走吧，我会代你照顾太炎先生的，直到他百年。请你相信我的承诺。"

她紧紧握住我的手，挣扎着想坐起来。我急忙把她按下去，她喘息着，目光十分复杂，我想她一定是既欣慰，又不忍心把这副担子砸在我的肩上。我再一次坚决地说："你不用担心，我一旦下了决心就不会更改。"

她喃喃地说："难为你了啊！"

她紧握住我的手，安详地睡去，慢慢地，她的手指失去了握力。我悄悄抽出手，用白色的布单盖住她的脸。

第三天，她的遗体火化已毕，我立即登上去休斯敦的飞机，那儿是轨道管理局的所在地。

秘书小姐涂着淡色的唇膏，长长的指甲上涂着银色的蔻丹，她亲切地微笑着说：

"女士，你和局长阁下有预约吗？请你留下姓名和住址，我安排好时间会通知你的。"

我笑嘻嘻地说："麻烦你现在就给老邦克打一个电话，就说小丫头徐放想见他。也许他正好有闲暇呢！"

秘书抬眼看看我，拿起内线电话机低声说了几句。她很快放下话筒，笑容更亲切了："徐小姐请，局长在等你。"

邦克局长在门口迎候我，慈爱地吻吻我的额头："欢迎，我的小百

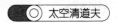

灵，你怎么想起了老邦克？"

我笑着坐在他面前的转椅上："邦克叔叔，我今天可是来兴师问罪哩！"

他坐到转椅上，笑着把面前的文件推开，表示在认真听我的话："说吧，我在这儿恭候——是不是李太炎先生的事？"我惊奇地看看他，直率地说："对。听说你们要强制报废他的太空清道车？"

邦克叔叔耐心地说："一点儿不错。李太炎先生是一个虔诚的环境保护主义者，是一个苦行僧式的人物，我们都很尊敬他，但他使用的方法未免太陈旧。我们早就计划建造一两艘太空扫雷舰，效率至少是那辆清道车的20倍。只要有两艘扫雷舰，两年之内，环地球空间不会再有任何垃圾了。但是你知道，绿色组织以那辆清道车为由，搁浅了这个计划。这些只会吵吵嚷嚷的蠢不可及的外行！他们一直叫嚷扫雷舰的激光炮会造成新的污染，这种指责实际上并没有多少科学根据。再说，那辆清道车已经投入运行近40年，太陈旧了，一旦彻底损坏，又将变成近百吨的太空垃圾。还有李太炎先生本人呢！我们同样要为他负责，不能让他在这辆危险的清道车上待下去了。"

我抢过话头："这正是问题所在。在40年的太空生活之后，李先生的心脏已经衰退，已经不能适应有重力的生活！"

邦克叔叔大笑起来："不要说这些孩子话，太空医学发展到今天，难道还能对此束手无策？我们早已做了详尽的准备，如果医学无能为力，我们就为他建造一个模拟太空的无重力舱。放心吧，孩子！"

来此之前，我从索罗船长和其他人那儿听到过一些闲言碎语，窝着一肚子火来找老邦克干架，但听了他合情入理的解释，我又欣慰又害羞地笑了。邦克叔叔托我劝劝李先生，不要太固执己见，希望他快点回到地球，过一个温馨的晚年。

"他能听你的劝告吗？"他笑着问。

我自豪地说："绝无问题！他一定会听从我的劝告。"

下了飞机，我没有在北京停留，租了一辆车便直奔玉泉山，那里有爸爸的别墅。我想请爸爸帮我拿个主意，把李先生的晚年安排得更妥当一些。妈妈对我的回家真可说是惊喜交加，抱着我不住嘴地埋怨，说我心太狠，四个月都没有回家了："人家说嫁出去的闺女泼出去的水，你还没嫁呢，就不知道往家里流了！"爸爸穿着休闲装，叼着烟斗，站在旁边只是笑。等妈妈的母爱之雨下够一阵，他才拉着我坐到沙发上："来，让我看看宝贝女儿长大了没有。"

我亲亲热热地偎在爸爸怀里。我曾在书上读过一句刻薄话，说人的正直与财富成反比。也许这句愤世之语不无道理，但至少在我爸身上，这条定律是不成立的。我自小就钦服爸爸的正直仁爱，心里有什么话也从不瞒他。我唧唧呱呱地讲了我的休斯敦之行，讲了我对李太炎先生的敬慕。我问他，对李先生这样的病人，太空医学是否有绝对的把握？爸爸的回答在我心中留下阴影，他说他知道有关太空清道车报废的消息，恰巧昨天太空署的一位朋友来访，他还问到这件事："那位朋友正是太空医学的专家，他说只能尽力而为，把握不是太大，因为李先生在太空的时间太长了，40年啊，还从未有过先例。"

我的心开始下沉，勉强笑道："不要紧，医生无能为力的话，他们还准备为李先生特意造一间无重力室呢。"

爸爸看看我，平静地问："是否已经开始建造？太空清道车强制退役的工作下周就要实施了。"

我被一下子击懵了，目光痴呆地瞪着爸爸，又目光痴呆地离开他。回到自己的卧室，我立即给航天界的所有朋友拨电话，他们都证实了爸爸的话：那项计划下周就要实施，但没有听说建造无重力室的消息或计划。

索罗说："不可能吧，一间无重力室造价不菲，管理局的老爷们会为一个垂暮老人花这笔钱？"

我总算从梦中醒过来了。邦克叔叔唯一放在心上的，是让这个惹人讨厌的老家伙从太空中撤下来，他们当然会为他请医生，为他治疗——假若医学无能为力，那不是他们的本意。他们也曾计划为受人爱戴的李先生建造一间无重力室，只可惜进度稍慢了一点儿。一个风烛残年的垂垂老人嘛，有一点意外，人们是可以理解的。

我揩干眼泪，在心底为自己的幼稚冷笑。在这一瞬间，我做出人生的最后抉择，或者说，在人生的天平上，我把最后一颗小小的砝码放到了这一边。我起身去找父亲，在书房门外，我听见他正在打电话，从听到的片言只语中，他显然是在同邦克通话，而邦克局长也承认了（至少是含糊地承认了）我刚刚明白的事实。爸爸正在劝说，但显然他的影响力这次未能奏效。我推门进去时，爸爸正好放下听筒，表情阴郁。我高高兴兴地说：

"爸爸，不必和老邦克磨牙了，我已经做出自己的决定。"

我唤来妈妈，在他们的震惊中平静地宣布，我要同太炎先生结婚，代玛格丽特照顾他直到百年。我要伴他到小行星带，找一个合适的小行星，在那儿生活。希望爸爸把他的私人空天飞机送给我，这是我唯一想得到的遗产。父母的反应是可想而知了。在整整三天的哭泣、怒骂和悲伤中，我一直平静地重复着自己的决定。最后，睿智的爸爸首先认识到不可更改的结局，他叹息着对妈妈说：

"不必再劝了，随女儿的心意吧！你要想开一点，什么是人生的幸福？我想不是金钱豪富，不是名誉地位，是了自己的心愿，织出心灵的恬静。既然女儿主意已定，咱们何必干涉呢？"他语重心长地对我说："放儿，我们答应你，也请你许诺一件事。等太炎先生百年之后，等你生出回家的念头，你要立即告诉我们，不要赌气，不要爱面子，你能答应吗？"

"我答应。"我感动地扑入父母的怀抱，三人的热泪流淌在一起。

爸爸出面让轨道管理局推迟了那个计划的实施时间。3个月后，索罗驾驶着他的X-33B、奥尔基和我驾驶着爸爸的X-33L，一同来到李先生身边，告诉他，我们不得不执行轨道管理局的命令。李先生已经有了思想准备，只是悲伤地叹息着，看着我们拆掉清道车的外围部件，连同本体拖入X-33B的大货舱，他自己则随我来到另一艘飞船。然后，在我的飞船里，我微笑着说了我的安排，让他看了我在地球上办好的结婚证。李先生在极度震惊之后是勃然大怒：

"胡闹！你这个女孩实在胡闹！"

他在激怒中气喘吁吁，脸庞涨红。我忙扶住他，真情地说："太炎先生，让我留在你的身边吧，这是我对玛格丽特姐姐答应过的诺言啊！"

在索罗和奥尔基的反复劝说下，在我的眼泪中，他总算答应我"暂时"留在他身边。但他却执意写了一封措辞坚决的信件，托索罗带回地球。信中宣布，这桩婚姻没有征得他的同意，又是在他缺席的情况下办理的手续，因而是无效的。索罗船长询问地看看我，我点点头："就照太炎先生的吩咐办吧，我并不在乎什么名分。"

我们的飞船率先点火启程，驶往小行星带。索罗和奥尔基穿着太空服飘飞在太空，向飞船用力挥手。透过面罩，我看见那两个刚强的汉子都泪流满面。

"我就这样来到了小行星带，陪伴太炎先生度过他最后的两年。"徐放娓娓地说，她的面容很平静，没有悲伤。她笑着说："我曾以为，小行星带一定熙熙攘攘的尽是飞速奔跑的小石头，不知道原来这样空旷寂寥。这是我们见到的第一颗小行星，至今我还不知道它的编号哩！我们把飞船锚系在上面，便开始我们的隐居生活。太炎先生晚年的心境很平静，很旷逸——但他从不承认我是他的妻子，而是一直把我当作他的爱女。他常轻轻捋着我的头发，讲述他一生的风风雨雨，也常望着地球的方向出神，回忆在太空清道车上的日日夜夜。他念念不忘的是，这一生他没能把环地球空间的垃圾清除干净，这是他唯一的遗憾。我精心照顾着他的饮食起居，这次我在X-33L上可没忘记装食物再生机，不过先生仍然吃得很少，他的身体也日渐衰弱。我总在想，他的灵魂一半留在地球轨道上，一半已随玛格丽特进了天国。这使我不免懊丧，也对他更加钦敬。这样直到两年后的一天，李先生突然失踪了。"

那对入迷的年轻人低声惊呼道："失踪？"

"对。那天，我刚为他庆祝了75岁生日。第二天应是玛格丽特去世两周年的忌日。一觉醒来，他已经不见了，电子记录簿上写着：我的路已经走完。永别了，天使般的姑娘，快回到你的父母身边去吧！我哭着奔向减压舱，发现外舱门仍开着，他一定是从这儿回到了宇宙母亲的怀里。"

苏月止不住猛烈地啜泣着，徐放把她揽到怀里说："不要这样，悲伤哭泣不是他的希望。我知道，太炎先生这样做，是为了让我早日回到人类社会中去。但我至今没有回地球，我在那时突然萌生一个志愿：要把两个平凡人的伟大形象留在宇宙中。于是，我就开始在这颗行星上雕刻，迄今已经15年了。"

在两个年轻人的恳请下，他们乘摩托艇再次观看了雕像。太炎先生仍在神情专注地扫地，在太空永恒的静谧中，似乎能听见这对布衣夫妇的低声絮语。徐放轻声笑道："告诉你们，这可不是我最初的构思。那时我总忘不了太炎先生用手抓流星的雄姿，很想把他雕成太空超人之类的英雄。但我最终雕成现在这个样子，我想这种平凡更符合太炎夫妇的人格。"

那对年轻夫妇很感动，怀着庄严的心情瞻仰着。回到飞船后，苏月委

婉地说：

"徐阿姨，对这组雕像我只有一点小小的意见：你应从那株树后走出来，我发现你和玛格丽特奶奶长得太像了！你们两人身上有着同样的高贵气质。"

很奇怪，听了这句话后，杜士彬突然之间也有了这种感觉，而且越来越强烈。实际上，她们一人是金发深目，一人是黑发圆脸，两人的面貌根本不像。徐放摆摆手，开心地笑起来。她告诉二人，这幅画很快就要收笔了，那时她将回到父母身边去："他们都老了，急切地盼着见我，我也一样，已经归心似箭了！"

苏月高兴地说："徐阿姨，你回去时一定要通知我，我们到太空站接你！"杜士彬也兴奋地说："我要赶到这儿来接你！"徐放笑着答应。

他们收到了大飞船发来的信号，两位年轻人与她告别，乘太空摩托艇返回。当他们回头遥望时，看见那颗小行星上闪亮着绚丽的激光。

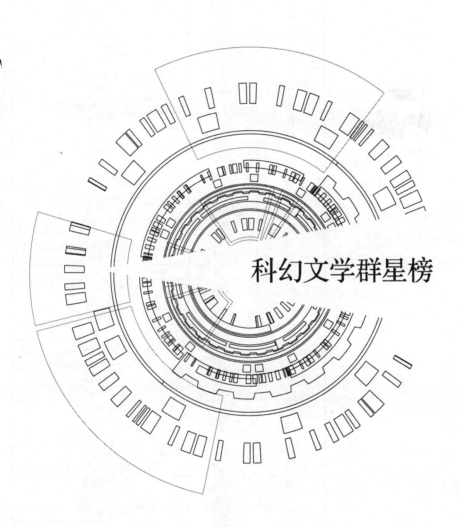

科幻文学群星榜

科幻文学群星榜
出版书目

序号	作者	书名
1	郑文光	侏罗纪
2	萧建亨	梦
3	刘兴诗	美洲来的哥伦布
4	童恩正	在时间的铅幕后面
5	张静	K星寻父探险记
6	程嘉梓	古星图之谜
7	金涛	月光岛
8	王晋康	生死之约
9	刘慈欣	纤维
10	潘家铮	子虚峡大坝兴亡记
11	韩松	青春的跌宕
12	星河	白令桥横
13	凌晨	猫
14	何夕	异域
15	杨鹏	校园三剑客
16	杨平	神经冒险
17	刘维佳	使命：拯救人类
18	潘海天	永恒之城
19	拉拉	永不消逝的电波
20	赵海虹	月涌大江流
21	江波	自由战士
22	宝树	人人都爱查尔斯
23	罗隆翔	朕是猫
24	陈楸帆	动物观察者
25	张冉	灰城
26	梁清散	面包我的幸福
27	七月	撬动世界的人于此长眠
28	杨晚晴	天上的风
29	飞氘	讲故事的机器人
30	程婧波	第七种可能
31	万象峰年	点亮时间的人
32	长铗	674号公路
33	迟卉	蛹唱
34	顾适	为了生命的诗与远方
35	陈茜	量产超人
36	刘洋	单孔衍射
37	双翅目	智能的面具
38	石黑曜	仿生屋
39	阿缺	收割童年
40	王诺诺	故乡明
41	孙望路	重燃
42	滕野	回归原点